Jakob Loges a.k.a. Paspatu

Teilstrecken

Tracks und Notizen

Impressum

Teilstrecken / Tracks und Notizen
© 2013 Jakob Loges

Kontakt und Information:
paspatu@gmx.de
paspatu.bandcamp.com
soundcloud.com/paspatu

Gestaltung und Layout: Timo Brandt
Herstellung und Verlag: BoD –
Books on Demand, Norderstedt
ISBN: 9783732233670

1. Auflage: März 2013

Inhaltsverzeichnis

Trackverzeichnis

Alle Texte wurden geschrieben und aufgenommen von Paspatu.
Die Beats wurden gebaut von Paspatu und Samurei*.

 Der Tonträger steht unter **www.paspatu.bandcamp.com** zum download bereit.

Vorwort

Die vorliegenden Notizen und Lieder sind das Ergebnis einer Reise. Ein Freiwilligendienst auf Grönland bot die perfekte Gelegenheit, um für eine Weile zu verschwinden:

Eine Pause einlegen zwischen dem Ende des Studiums und dem, was der Ernst des Lebens genannt wird. Innehalten und überlegen, wie die eigene Zukunft gestaltet wird.

Von Anfang an stand für mich fest, den Aufenthalt auf Grönland kreativ zu dokumentieren.

Die folgenden Notizen sind Momentaufnahmen. Schnipsel der Wahrnehmung. Gedanken. Betrachtungen des Alltags. Simple Plattitüden oder Gedanken ohne Kontext.

Die Lieder - der Soundtrack einer Reise. Ein bisschen Equipment einpacken und los. Eine MPC 500, ein SM 58, ein billiges Interface und ein Laptop. Beats bauen, Raps schreiben, aufnehmen. Ein bisschen abmischen und das war's.

Die Notizen und Lieder bilden eine Einheit. Sie ergänzen sich und haben thematische Überschneidungen. Sie beziehen sich aufeinander, ohne dass klar wird, was zu erst da war.

Die Leser/Hörer können auf Spurensuche gehen und Teilstrecken zurücklegen.

Die letzten deutschen Tage

Jetzt oder nie, ein Aufbruch beginnt mit Abschied. Ausgedient hat die Zeit, die ab jetzt alt heißt. Neue Ufer nicht seicht. Klippen an Küsten ragen steil in eine andere Zeit.

Vor kurzem habe ich den Magistergrad erlangt. Das Auslaufmodell. Nicht zeitgemäß? Bachelor, Master, Creditpoints, das ist jetzt das Ding. Frau Dingsda vom Amt meint, ich müsse mich bewerben. Es sei das Ziel, dass meine Person ein sozialversicherungspflichtiges Arbeitsverhältnis eingeht …

„Ihnen sollte klar sein, dass Sie in die Arbeitslosigkeit hinein studieren. Mit diesem Fach kann es ihnen leicht passieren, dass sie später bei Rossmann an der Kasse sitzen."

Regelstudienzeit überschritten und dennoch keine handfesten Perspektiven. „Und was macht man damit?" Diese Frage wurde mir während der vergangenen Jahre am häufigsten gestellt. Unmittelbar auf die Frage, was ich studiere. Jetzt studiere ich nicht mehr und die Frage, was ich damit mache, stellt sich dringlicher denn je.

Noch vor zwei Wochen war ich einer von euch vielen. Mit einem Stück Papier bin ich nun nicht mehr euresgleichen. Ein Gang zum Sekretariat und ich bin raus. Unspektakulär entlassen. Für Fanfaren sorge ich selbst …

Hörst du den Bass? Hörst du die Frage: „Gehst du raus heute Nacht?" Wodka und Mate mitgebracht. Wir feiern in Clubs und spüren den Bass. Zucken zu Beats, in dieser wirren Bundesrepublik. Scheißen auf Krisen, solange Sprit fließt. Wir hangeln uns von Wochenende zu Wochenende. Kitten unsere Seelen, da der Mörtel zu bröckelig geworden ist. Nimm etwas davon in die Hand. Fühlt es sich nicht zu staubig an? Wie kann das Haus, das uns beherbergt, halten? Noch ein kräftiger Windstoß und kaBOOMM! Das war's dann.

Unter meinen Fingernägeln der Dreck von letzter Nacht. In meinen Haaren all der Rauch von letzter Nacht. Immer noch wach. Andere schon wieder. Elektronische Lieder gegen Langeweile und normative Mieder … Der Schnaps war zu viel. Ein Kurzer und die Wahrnehmung dreht sich … Taumel und Grinse. Vernunft verschwindet. Tänzer zwischen Himmel und Parkett. Der Club die Kathedrale …

Ich wollte immer schreiben. Ein Buch. Einen Roman. Immer schon teilten viele diesen Wunsch. Die Konkurrenz ist sooo groß … Wie lässt sich unterscheiden zwischen Träumerei und Talent? Kann ich erreichen, was ich mir vorstelle? Ist alles nur die Träumerei eines kleinen Jungen, dem gesagt wird, er soll erwachsen werden?

Muss mich konzentrieren, hinsetzen, arbeiten. Keine Ausrede vorschieben. Den inneren Schlendrian nicht vorlassen. Schreiben als hinge das Leben davon ab. Das tut es! Auch im Moment der Schreiblosigkeit …

… Freunde so nenn' ich euch. Ohne viel über euch zu wissen. Vieles verborgen von dem, was euch ausmacht. Teilen die Gegenwart und aus gemeinsamen Erlebnissen formt sich unsere Geschichte. Uns verbinden nicht so sehr die Personen, die wir losgelöst von einander waren. Vielmehr verbindet uns das, was wir zusammen (durcheinander) werden..

Suche nach einem ersten Satz. Ein Startpunkt, sonst bergab. Oder cutup. Alles hin klatschen und sehen, was passiert. Füge Wörter zusammen. Irgendwann entsteht schon ein Satz. Füge Handlungen ungeplant zusammen, vielleicht entsteht ein gutes Leben?

Will nicht mit dem Feuer spielen, will nicht verbrenn'. Nur ein Stück von mir, das schneller als ich rennt …

Heißt zu entscheiden, wie ich leben will, lediglich zu entscheiden, welchen Beruf ich ergreife?
Ich bin ein träumender Taugenichts. Male mir Geschichten aus, die sich nicht schreiben lassen wollen. Zwischen Realität und Wunsch klafft eine Lücke. Kann mich nicht für eine Seite entscheiden. Will mich nicht damit abfinden, dass ich A nicht so schreiben kann, wie ich dachte. B ich zwar schreiben kann, aber einfach zu faul bin. Oder C es noch nicht sein soll. Irgendwann fing ich damit an, zu gucken, wie alt die Autoren, die ich las, bei ihren Debütromanen waren. Ich stellte fest, dass ich mit 30 noch voll im Soll sein werde. Also bloß keine Eile. Da es mit dem Schreiben jedoch nicht getan ist, sollte ich mich besser beeilen. Der Business-Kram braucht Zeit. Verlag finden und BLABLAblaa. Die Intention, mit Schreiben Geld zu verdienen ist wahrscheinlich kontraproduktiv. Aber Schreiben als Hobby? Kommt das in Frage?
Ich brauch doch Arbeit und kein Hobby.
Da sind diese mentalen Planquadrate, die einen fesseln. Irgendetwas, das Dich davon abhält, DU zu sein. Beschleunigung, VORAN voran! Kein Stillstand!

Niemals langsam! Ausreichend ist zu wenig. Mehr! Und davon ganz viel. Eigentlich ziellos. Kulturelle Bedürfnisse befriedigt und dann? Zurück zum was? Das 21. Jahrhundert geht los, so was von ab, doch wo sind die realistischen Utopien?

Wir schmeißen Partys, woanders schmeißen sie Steine. Doch auch wenn meine Hand keinen Stein warf, so ist sie doch voll Blut. Mit Wasser und Seife waschen ist nicht genug. Es geht darum kein Arschloch zu werden. Das ist das Schwerste. Ach, all diese Begriffe. Vernunft, Moral und toter Gott. Ist nicht alles schon dekonstruiert? Hoffnung auf was? Bloß kein Arschloch werden …

Ich bin Paspatu und wollte immer nur der Beste sein. Ein fresher Mc mit 'nem eigenen Style. Ich bin Jakob und wollte immer ein Schriftsteller sein …

Da ist dieses Eigentlich, das eigentlich nicht da sein sollte. Das mich lähmt und meine Pläne durchkreuzt. Jetzt sind es nur noch fünf Wochen bis zur Abreise und die erste Kladde ist kaum gefüllt. Eigentlich wollte ich jeden Tag etwas schreiben. Doch aus Gründen, die in mir liegen, kam es nicht dazu. Kann sein, dass die Tage zu ähnlich waren und ich es daher versäumt habe den Alltag zu notieren. Es mag auch daran liegen, dass es nicht von Bedeutung ist, was jetzt passiert. Dieses Geflecht aus gestreamten Serien, Partys, Rumhängen, Spazierengehen, lesen, da sein und dies und das, ist nicht greifbar, da lapidar und so gemütlich. Das Bedeutsame kommt, wenn ich weg bin, aus den gewohnten Strukturen gerissen bin. Bin schon auf das Kommende versteift, so dass die Gegenwart keinen Schreibstoff liefert …

Langsam wird es Zeit, dass ich mir über mein Gepäck Gedanken mache. Ich packe meinen Koffer, aber mit was?

…Habe keinen festen Wohnsitz mehr und fühle mich, als sei ich jetzt ein bisschen außerhalb des Systems …

Nur das eigene Ich fängt mich auf. Auf mich selbst bezogen stehe ich auf dem Schlauch. Unschuld geraubt, durch eine Umwelt, in der sich jeder verkauft. Mein Lebenslauf ist schon ganz gut. Ich habe ein paar Kladden voll mit Lyrics, Notizen, Gedichten. Hab den Kopf voller Ideen. Mir spuken Geschichten im Kopf herum, die aufgeschrieben werden wollen. Habe Plots und Figuren. Such daher Verlag und Vorschuss. Wie wäre es mit einer Stelle als Autor? Ich schreibe unleserlich aber fresh!

Anreise

Ab jetzt nicht mehr auf deutschem Boden. Bin jetzt weg. Sieben Monate klingt lang und gleichzeitig kurz. Zielort noch nicht erreicht. Erstmal on-arrival-Training in Dänemark. 17 junge Leute aus den verschiedenen Teilen Europas. Alle machen einen europäischen Freiwilligendienst. Arbeiten in Kindergärten, Jugendzentren etc. Die Europäische Kommission fördert den internationalen Austausch, damit ein Vereinigtes EUROPA nicht nur Idee bleibt. Die Grenzen sind, zumindest für EU-Staatsbürger, offen. Lasst uns die Chance nutzen …
Mit meinen Gedanken bin ich in einem Zwischenraum. Zwischen Gestern und Morgen kreisen Gedanken auf und ab. Was war? Was bleibt? Was kommt? Die alltägliche Routine ist aufgelöst. Ein Stadium in dem jeder Moment Neues bringt, hat begonnen. Vielleicht macht das ein Abenteuer aus? Dass das nicht Planbare zum Status Quo wird …

Aufenthalt

April

Jetlag. 12 Stunden Schlaf und immer noch nicht klar im Kopf. Fühl mich wie nach einer durchzechten Nacht. Durchzechte Nächte werde ich mir nicht leisten können. 10 Bier kosten um die 25 €. Es regnet. Immer noch. Die Schneemassen beginnen zu tauen und auf den Straßen bilden sich Pfützen. Habe warmes Wetter mitgebracht, vor meiner Ankunft soll es kalt gewesen sein. Beginnt jetzt der Frühling?

Das erste Stück Land erstrahlte in makellosem Weiß. Ich blicke aus dem Flugzeug und Himmel und Erde verschwimmen zu Eins. Sind das noch Wolken oder ist das schon Land? Risse im Eis, zeigen was oben und unten ist. Mein Herz klopft, berauscht von dem vorher nie Gesehenen. Die Entdeckung einer neuen Welt, die so sehr mit dem Gewohnten bricht, dass es surreal erscheint. Gebirgskette, Weiß, mischt sich mit dem grauen, fast schwarzen Gestein.

Ich laufe durch Nuuk Downtown und mir fällt partout nicht ein, was Telefonzelle auf Englisch heißt. Niemand, den ich frage, scheint zu wissen, was ich meine. Frage in einem Hotel nach und die Frau an der Rezeption entgegnet mir, dass sie noch nie eine Telefonzelle in Nuuk gesehen hätte. Versuche mein Glück in der gegenüberliegenden Bar und finde einen Münzfernsprecher. Es ist 4 Uhr Nachmittags und die Bar ist rappel voll, die Kundschaft ebenso. Lautes Lachen, laute Stimmen. Schirme den Hörer mit der Hand ab und sage, dass ich gut angekommen bin. Die Kronen sind verbraucht und ich schiebe mich an den Leuten vorbei in Richtung Ausgang. Eine Frau fällt mir fast vor die Füße und wird sogleich wieder aufgehoben. Schnell raus. Samstag wird im Supermarkt nur bis 13Uhr Alk verkauft, danach bleibt nur die Kneipe …

Der erste Arbeitstag ist beendet. Wie es aussieht, werde ich in den nächsten Monaten mal dies und mal das machen. Etwas, das ich unbedingt machen soll, gibt es nicht. Für's erste bin ich damit zufrieden, einfach hier zu sein, in den Fjord hinaus zu blicken und die Berge in der Ferne zu betrachten. Auf dem Balkon meiner WG zu stehen und die bunten Neubauten anzuschauen.

Habe jetzt eine grönländische Handy-Nummer. Vorwahl +299. Lieber keine Experimente mehr mit Telefonzellen. Beim hiesigen Kommunikationsmonopol

Tele-Post durfte ich mir eine sechsstellige Nummer aussuchen. Längere Nummern gibt es nicht.

Heute war es das erste Mal völlig klar. gegen Morgen ein kalter Wind aus nordöstlicher Richtung, der die Plastiktüten von Pisiffik umher weht, gegen Mittag jedoch abnimmt. Ich nutze das gute Wetter, um nach einem Abendessen aus weißen Bohnen in Tomatensauce meinen neuen Stadtteil zu erkunden. Qingerput, der neuste Teil Nuuks, besteht grade mal vier Jahre und wächst. Die Straßen hören nach ein paar Metern auf oder werden durch Schnee zu Sackgassen.

Ich stehe auf dem Balkon und schaue in die Fenster der gegenüberliegenden Häuser. Durch die Jalousien flimmern Flachbildschirme und erzählen von fremden Welten. Dokus mit dänischem Untertitel strahlen durch die dunkler werdende Nacht und verbinden das Hier mit dem Dort. Sah das Hier, dort nur in Dokus und bin jetzt plötzlich Hier …

Die Kinder der Siedlung nutzen das warme Wetter, um draußen zu spielen. Die Eltern atmen erleichtert auf. Ruhe in der Wohnung und tobendes Geschrei nun draußen. Solange es geht draußen spielen lassen. Kann wieder kalt werden und dann nehmen die Kinder den Wohnraum wieder in Beschlag. Sie fährt mit dem Skateboard umher und der große Bruder BMX.

In Grönland würden sie oft bis zum nächsten Mittag trinken. Afterpartys. Ich trinke mit meiner WG und deren Freunden. Ich versuche Wörter nachzusprechen, die ich nicht behalte. I have to repeat it over and over again. over and over again. Ich werde nach der deutschen Übersetzung mancher Wörter gefragt. Es beruhigt, dass sie meine Sprache ebenso wenig aussprechen können, wie ich ihre. Das nimmt die Befangenheit, es nicht gleich zu können. Er, dem ich vor einer halben Stunde zum ersten Mal begegnet bin, zeigt mir seinen Unterarm mit den Narben seiner Jugend. Früher mochte er den Schmerz. Heute sei das vorbei.

Ostern ohne Eier. Keine bunt bemalten, keine aus Schoko mit cremiger Füllung. Statt dessen schwarzer Tee in der Jugendherberge Sisimiut. Tee und Zucker Leftover von früheren Gästen. Mir wurde gesagt in Sisimiut würde man das wahre Grönland kennenlernen. 5000 Menschen leben dort. Kurz nach der Ankunft werden ich und meine Kollegin mit dem Auto herum gefahren. Einmal durch die Stadt, vorbei an allen Einkaufsmöglichkeiten. „Wir haben einen Brugsen, einen Spar ..." Vielleicht definiert sich eine Stadt durch die Möglichkeiten zu konsumieren. Großstadt gleich viele Möglichkeiten. Kleine Stadt wenig. Die Straßen vereist. Ein paar mal fast lang gemacht. Die Stadt wirkt größer als sie ist. Die bunten Häuser sind weitläufig angeordnet. Dort eins, hier zwei, stets mit Platz dazwischen, in denen Schneemobile parken. In den Vorgärten, ein Wort das so gar nicht passt, da vor den Häusern keine Gärten sind, also eher auf den Schneeflächen vor den Häusern liegen angekettete Schneehunde und warten auf ihren Einsatz. Sisimiut, das kurz über dem Polarkreis liegt, ist die südlichste Stadt Grönlands, in der man mit Schlittenhunden fahren darf. Der grönländische Schlittenhund soll sich nicht mit anderen Rassen vermischen und darf deshalb nicht südlicher als Sisimiut gehalten werden. Grönländisches Hunderassengesetz.

Die Fahrt von Nuuk dauert 22 Stunden mit dem Schiff. Vorbei an Gebirgsketten, Fjorden.. Unvorstellbar, dass keinerlei Siedlungen am Ufer sind. So viel unbetretenes Territorium. Mal von Abenteurern vermessen, durchquert und dann sich selbst überlassen. Jahrtausende alt und immer allein. Unberührt. Und dann, aus dem Nichts, taucht eine Siedlung auf. Warum gerade hier? Ein Beiboot wird zu Wasser gelassen und Passagiere werden abgesetzt und abgeholt. Das Schiff durchbricht das Eis und hinterlässt eine Rinne. Das Durchbrechen der Eisschicht fühlt sich an, wie das Überfahren von Bodenwellen. Ein Ruckeln in der Längsachse, das sich mit dem horizontalen Schaukeln vermischt. Wenn das Schaukeln zu sehr auf den Magen geht, gehe ich auf Deck und atme tief ein. Beruhigend, klärend. Die Luft ist nicht salzig. Die Meeresluft schmeckt anders. Mag an der Kälte liegen? Das Wasser dunkelblau fast schwarz. Ein Sprung hinein und ich würde versinken wie ein Stein. Würde gleich erfroren sein. Lieber wieder weg von der Reling ...

Die Jungen aus dem Surkorsit spielen mit ihren Smartphones und sind so cool, wie alle Jungen in diesem Alter. Der Style Streetwear. Via Internet wird die Mode bestellt. Die Versandkosten halten sich im Rahmen und nach 7 bis-14 Tagen ist die Ware da. Einer der Jungs macht, als ich ihm erzähle, dass ich aus Deutschland komme, den Hitlergruß und hält sich mit dem Zeigefinger den Bart. Ich sage ihm „it's not funny. he was really bad and so.." Schon komisch, dass der H. für D steht. Blamage. Einen Tag später fragt mich der Sozialarbeiter, ob Adolf ein typisch deutscher Name sei. „How many people called Adolf in Tyskland?" Ich denke nicht so viele. Vielleicht ist es sogar verboten sein Kind so zu nennen? Wäre ok, wenn es so ist.

14

Die Jungen aus dem Surkorsit essen YUM YUM Nudeln und der Raum riecht nach Geschmacksverstärkern. Why everybody likes YUM YUM?" Liegt wohl am Glutamat? Schwer es nicht zu mögen.

Der Sozialarbeiter schenkt mir eine Packung Kondome, Größe Medium. Ich sage ihm, dass ich sie gar nicht brauchen könnte. Ich hätte eine Freundin in Deutschland. „Na dann brauchst du sie auf jeden Fall."

Mein erster Kaffemik. Ich wurde von meiner temporären Gastmutter mitgenommen. Die grönländische Art Geburtstag zu feiern. Beim Eintreten sage ich freundlich Pilluarit zu dem Geburtstagskind. Sage Pilluarit aber auch zu anderen, da meine Gastmutter es mir so vormacht. Letztlich weiß ich nicht, wer eigentlich genau Geburtstag hat. Also erstmal in die Küche. Herzhafte Speisen en masse. Reis, Kartoffelgratin, Suppe, Rentier, Schrimps, getrocknete Fische, Walspeck, Brot, Salat und mehr. Esse zunächst Kartoffeln und getrocknete Fische. Taste mich zum Rentier vor um schließlich beim Walspeck zu landen. Schmeckt besser als angenommen, schmeckt wie Speck. Schwer zu kauen.

Nach den herzhaften Speisen geht es direkt ins Wohnzimmer zur Kuchentafel. Sieben Torten, eine süßer als die andere. Nach zwei Stücken räume ich meinen Platz für die nächsten Gäste, die kommen und gehen. Fluktuation beim Kaffemik. Lausche den Frauen, die erzählen. Einen Witz? Es wird viel gelacht …

In der Frauenschule lernen Frauen die traditionelle Tracht herzustellen. Im Keller sitzen sie und schaben mit einem Ullu, dem traditionellem Messer, das Robbenfell ab. Ziemlich anstrengend. Und riechend. Wie Fisch, ranzig, fettig. Ist das Fell sauber geschabt, wird es in einen Rahmen gespannt und nach draußen gestellt, wo es sich durch die Kälte weiß färbt. In einem anderen Raum wird am Computer das Muster der Tracht designet. Jede Frau entwickelt ihr eigenes Muster. Das Muster wird gestickt. Das Leder der Kamiks kunstvoll verziert. Dauert fast zwei Jahre bis eine Tracht fertig ist …

Die Hunde bellen aufgeregt. Wedeln mit dem Schwanz und freuen sich. Gleich geht es los. Der erste Hund hat schon das Geschirr um. An die zehn Hunde ziehen den Schlitten. Peitschen knallen. Los, schnell, ein kleiner Punkt in der Ferne. Versteckt unter dem Helm sieht man das Alter nicht. Fahren ist ab 16 offiziell erlaubt. Schneemobile fast vor jedem Haus. Anstelle von Autos. Schneescooter-Land. Am letzten Tag wurde ich auf eine Tour durch den Schnee mitgenommen. Wir fuhren auf die Gipfel zweier Berge. Unsagbar schöner Ausblick auf die Stadt und das Meer. Die Stadt wirkt so winzig, eingeschlossen von Bergen und Meer. Kilometerweite Sicht und alles, was man sieht, sind Berge, Schnee, Eis, Wasser, endlose Weite. Brettern drei Stunden über den Schnee.

An die 100 km/h, steil bergab, bergauf, Kurven links, rechts, bremsen, Beschleunigung. Gut, dass der Fahrer schon mit seinem Schneemobil verwachsen ist, das beruhigt, während ich hinter ihm sitze, mir den Schal immer weiter übers Gesicht ziehe und die Aussicht genieße.

...seit Tagen liegt der Eisberg vor Anker. Er strahlt in wickblau und rührt sich nicht ...

Soviel Eis und Schnee. Noch nie gesehen. Ungekannte Masse. Als ich ein Kind war, soll auch zuhause viel Schnee gelegen haben. Den ganzen Winter lang. Kann mich nicht erinnern. Das viele Eis kühlt die Seele. Muss mir wärmere Gedanken machen. Die Schönheit des endlosen Winters ins Zentrum der Aufmerksamkeit stellen. So ein reines Weiß, das an klaren Tagen blendet. Kein Schnee, der, von Abgasen verschmutzt, sich grau an Bordsteinkanten türmt. Eine ebene Fläche Weiß, kein Schnee, der in Baumkronen hängt. Bäume ... In Deutschland sprießt und grünt es. Knospen gehen auf und das Grün des Sommers wächst. Hier ist noch nichts grün ... nur ein paar knochige Sträucher gucken frech aus der Schneedecke. Es braucht eben Zeit, bis der Lenz seinen Weg nach Grönland findet. Über das Meer, die Berge, das Eis, ist's nicht leicht und braucht Zeit.

Die Nase verstopft. Hals kratzt. Dumpfes Dröhnen im Kopf. Zu lange in nassen Jeans im Büro gesessen. Das Wetter schwang um. Von heiter zu trüb. Ein starker Wind blies den Regen seitwärts und erschwerte das Gehen. Tags drauf noch stärkerer Wind. Mutter mit Kinderwagen kämpft um Balance. Sie schiebt ihn rückwärts, schützt den Wagen vor dem Wind. Das Wasser schäumte. Wellen schlugen wild an Land. Fährt der Bus? Er fährt. Taumelnde Schritte zwischen Haltestelle und Haustür. Ein Schritt vor den anderen. Jeden Schritt erden. Schwankt das Haus? Ja. Draußen flattern Plastiktüten waagerecht. Der Träger verlagert das Gewicht nach hinten, legt sich in den Wind und fällt nicht um. Ein Tag reicht aus, um das Stadtbild zu verändern. Eben noch weiß. Jetzt werden Steine und Asphalt sichtbar. Der Schnee ist schnell geschmolzen. Als hätte er nur hauchdünn da gelegen. Bauarbeiter baggern die über den Winter angehäuften, großen Schneeberge auf Lastwagen und transportieren ihn ab ...

An jeder Ecke wird gebaut. An dieser Ecke entstehen 80 neue komfortable Wohnungen. Einzugsbereit 2014. Das hiesige Betonwerk feiert 50-jähriges Jubiläum. Muss also doch nicht alles importiert werden. Die neuen Appartements bieten alles, was der Konsument von heute braucht. Zentralheizung. Einbauküchen. Kabelanschluss. Wenn Fische oder Felle auf dem Balkon zum Trocknen hängen, vermischt sich Traditionelles mit dem Neuen. Parallel werden die Blocks aus den 50/60er Jahren langsam dicht gemacht. In dem einen Block an der Ecke scheint keiner mehr zu wohnen. Sämtliche Fenster sind mit Spanplatten bedeckt. Bereit zum Abriss. Schön war es noch nie. Unsinnige Wohnungs-/Siedlungspolitik. In einem Land, in dem jeder einige hundert Quadratkilometer für sich haben könnte, fast 1% der Bevölkerung in einen einzigen Block zu pferchen, erscheint paradox. Die Blocks versprühen Ghetto-Atmosphäre, die nicht zum Rest der Stadt passt.

Selbstverteidigung bedeutet nicht zwangsläufig, dass man sich gegen eine andere Person verteidigt. Sich selbst gegen die eigenen Dämonen, gegen zu hohe Erwartungen verteidigen. Sich selbst, sein Inneres zu schützen ist schwieriger als einem anderen einfach in die Fresse zu hauen. Von wem oder was geht Gefahr aus? Besteht die Gefahr, weil die Angst etwas zur Gefahr erklärt? Geht der Grund, der einen zur Selbstverteidigung veranlasst, von sich selbst aus? Ist das, was wir meinen verteidigen zu müssen, das passende Objekt?
Als Selbstverteidigung werden oft die Vermeidung und die Abwehr von Angriffen auf die seelische oder körperliche Unversehrtheit eines Menschen bezeichnet. Man selbst ist nicht der Täter. Ziel des Täters: die Ausübung von Macht. Doch nicht alle Macht, die auf das Selbst ausgeübt wird, legitimiert die Verteidigung. Täter unter dem Deckmantel des Wohltäters, verüben Taten, die Dankbarkeit erwarten, gegen die Verteidigung aber angemessener wäre. Ist eine Revolution die Selbstverteidigung einer Masse? Mir scheint so.

Im Fjord von Nuuk schwamm ein Eisbär. Er verirrte sich in eine Gegend, in der er nicht Zuhause ist. Vielleicht war er müde und ruhte sich auf einer Eisscholle aus. Schlief ein, wachte auf und war in der Nähe der Stadt. Das Eis trieb zu schnell, er schlief zu lange. Die Abnahme des Eises macht es für ihn schwieriger Nahrung zu finden, so vergrößert sich der Radius seiner Jagd. Die Industrialisierung zwingt also schon Tiere dazu in die Städte zu ziehen, da hier das Angebot an Resten größer ist. Bevor seine Tatzen Land betraten, wurde er gesichtet und abgeknallt. Am Hafen begrüßte eine Traube von Menschen die stolzen Jäger, die den Bär auf einen Pick-Up laden. Das nasse weiße Fell ist rot gefärbt. Jetzt liegt der Bär auf einem großen Metalltisch und wird vor den Augen Schaulustiger zerlegt. Mit Messern, die immer wieder nachgeschärft werden, wird dem Bär das Fell abgezogen. Drei Männer bearbeiten den Eisbären. Mit Stricken, die an die Tatzen gebunden wurden, wird der Bär in wechselnde Positionen gezogen. Die Innereien liegen in einem großen Plastikbottich. Der Bär ist fast nackt und liegt auf dem Rücken. Die Augen blicken ins Publikum und das gewaltige Maul wirkt schmerzverzerrt. Die gefletschten Zähne werden neugierig befühlt. Es liegt eine Feststimmung in der Luft. Keiner scheint sich vor dem geschälten Bären zu ekeln. Interessiert und gespannt wird den Jägern zugeguckt. Ein Eisbär wird in Nuuk nicht oft bestaunt. Der letzte Bär wurde hier vor zwei Jahren gesichtet. Ein Ereignis, dass die Menschen aus ihren Häusern lockt. In den nächsten Tagen wird das Fleisch des Eisbären vor dem Supermarkt verkauft.

Das von mir verspeiste Abendessen bestand zu 100% aus importierten Nahrungsmitteln und ich mache mir über den Klimawandel Gedanken. Es wurde wieder mal so eine Studie vorgestellt, die zeigt: so wie bisher geht es nicht weiter. Der Lauch, gedünstet in spanischem Olivenöl, hat gut geschmeckt. Eine regionale Ernährung kann ich mir hier nicht angewöhnen. Nur Fleisch passt nicht auf meinen Teller. Welche Klimabilanz hat das importierte Gemüse im Vergleich zum regionalen Fisch und Fleisch? Ich bin kein Vegetarier, ich versuche nur möglichst auf Fleisch zu verzichten. Jeden Tag Fleisch zu essen ist nicht verantwortungsvoll. Man könnte mich als Öko abstempeln. Der Stempel gleicht einem Schimpfwort. „Du Öko." Ja und du Arschloch. Aber immer schön sachlich bleiben. Aber wie? Die Beweise, die dafür sprechen, dass wir alle unsere Lebensweise ändern müssen - und zwar sofort, nicht erst gleich - werden ignoriert. Indem wir besseren Wissens handeln, machen wir uns zu Tätern. Wie lange haben wir noch Zeit? Bis 2052? Was dann? Katastrophe? Die Uhr tickt, aber das Ticken wird überhört. Die konsumistischen Imperative sind lauter. Die Reklame übertönt das Gewissen und Vernunft hat keinen monetären Wert, ergo keine Durchschlagskraft. Wir brauchen Werbung für eine bessere Welt. Gibt es da keine zahlungskräftige Lobby?

Die Polka ertönt laut in dem kleinem Raum. Der Verein zur Pflege der grönländischen Tänze trifft sich wöchentlich. Akkordeon, das bestimmende Instrument. Im 4/4 Takt geht's ab. Keine Zeit zum Verschnaufen. Immer wieder werde ich aufgefordert. Zwei Schritte vor, zwei zurück und dann viermal im Kreis drehen. Lied zu Ende, Drehwurm. Ich lasse mich von der Freude der anderen anstecken und lächle. Ein neunjähriger Junge steht am Rand, lächelt verschmitzt und lässt die Absätze seiner Lackschuhe rhythmisch aufs Parkett steppen. Die Polka haben Walfänger vor Jahrhunderten mitgebracht. Tanzschuhe habe ich vergessen. Tanze in Socken und das rächt sich. Aber keine Pause. Die Fenster beschlagen. Schweißperlen. Und ich dachte, ich guck' nur mal so rein - aber nix da, gleich mitten im Geschehen. Auf dem Heimweg noch den Polkabeat im Ohr. Ertappe mich beim Summen …

Der morgendliche Blick aus dem Fenster verwirrt. Träume ich noch? Über Nacht an die 20 cm Neuschnee. Hatte gehofft, das wäre vorbei. Das Busunternehmen stellt den Betrieb ein. Keine Linie 1 Richtung Downtown am Morgen. Na dann lauf' ich halt. Aber nach 5 Minuten Fußweg ist es zu kalt. Halte den behandschuhten Daumen raus. Ein Lieferwagen fährt rechts ran. Am Steuer sitzt ein junger Däne, ungefähr mein Alter, fragt mich wohin ich muss. „Downtown" Bei der Import-Firma arbeitet er seit drei Jahren. Der Job macht ihm Spaß. Hat für weitere fünf Jahre verlängert. Seine Freundin wohnt in Nuuk. Viele Dänen bleiben wegen der Liebe in Nuuk. Die Liebe zu einer Frau, die Liebe zum Land oder die zum Geld. Erzähle ihm, was mich hier her verschlagen hat. Noch ein, zwei Sätze zum Thema Sprache und wir sind da. Ich bedanke mich. Er sagt, das bräuchte ich nicht. Wir müssten uns doch gegenseitig helfen. Im Laufe des Tages hört es auf zu schneien und der Schmelzvorgang beginnt von neuem. Ich denke immer wieder: Wir müssen uns doch gegenseitig helfen …

Kids snacken trockene YUM YUM-Nudeln im Bus. Und nicht nur da. Hatte die unbenutzten Gewürz- und Fettpäckchen zunächst für Kondome gehalten und mich gewundert, warum diese dort lagen.

Über Nacht hat jemand große Flächen Styropor aufs Wasser gelegt.

Um 3 Uhr schließen die Bars. Um 3 Uhr wird die letzte Bestellung aufgegeben. Also austrinken und um 4 Uhr aus der Bar raus. Es ist 3 Uhr und vor mir steht ein voller Kasten Bier. Trinke noch eins und dann muss ich los. Taxi ist teuer und ich will mir eins mit meinem Mitbewohner teilen. Wir machen noch einen Umweg. Sein Kumpel, hat noch 'ne Connection, wo wir Bier kaufen können. Zehn Stück für 300 DKK. Die einzige Möglichkeit, nach 3 noch Alk zu kriegen ist der private Kiosk. Machen angeblich viele, um sich bisschen Kohle nebenbei zu verdienen. Soll sogar für die Miete reichen. Ohne den Schwarzmarkt wäre es schwer After-Partys zu schmeißen. Bis morgens noch saufen und für ein Bier 5 € zu latzen ist strange.

Draußen hell und klar, im Kopf Nebel. Ne Gruppe Leute kommt rum. Einer schnappt sich die Gitarre und haut in die Seiten. Yeah Man. Er hat's drauf. Alle singen mit. Ich nicht, die grönländischen Evergreens hab ich noch nicht in petto.

Mai

Schreib' nicht so viel wie gedacht. Muss das Pensum erhöhen. Bin zuweilen zu müde. Lass mich vom Wetter runter ziehen und gebe trüben Gedanken zu viel Raum. Die Sehnsucht nach Freunden in der Ferne und der unbegründeten Angst dort etwas zu verpassen. Dabei erlebe ich hier doch mehr als dort. Mehr neue Eindrücke als ich dort je sammeln würde. Hier kann ich mir nicht aus dem Weg gehen. Bin intensiv mit mir selbst konfrontiert. Die üblichen Ablenkungsmanöver, mit denen ich mich zerstreue, fallen weg. Eigene Schwächen und Stärken treten deutlicher hervor, da der Alltag der letzten Jahre als etwas Vergangenes erscheint. Und wenn ich wieder komme, kann ich wohl nicht einfach sagen „Hej, ich bin wieder da, lang nicht gesehen" Oder doch? Die fortlaufende Veränderung, die außerhalb unserer Kontrolle liegt, macht hilflos. Gibt so viel, das sich ändern kann. Ich bin jetzt hier, ihr seid dort. Zwar reißen Verbindungen nicht ab, aber die Einflüsse, die das eigene Handeln vor Ort ausüben, fehlen. Angst vor Veränderungen, die gravierend sind und dazu führen, dass etwas nicht mehr kompatibel ist. Jede neue Information, jede neu geschlossene Freundschaft, ein Update des Selbst. Manchmal passiert es, dass die alten Programme nicht mehr auf dem neuem Betriebssystem laufen. (Kaufen wir nicht ständig neue Gegenstände, um up to date zu sein?) Kleiden uns der Mode entsprechend und haben Angst, nicht mit denen kompatibel zu sein, denen wir uns zugehörig fühlen. Wir müssen uns im ständigen Austausch befinden, um die Lücken nicht zu groß werden zu lassen. Nicht, dass man später nicht mehr über die Lücke springen kann. Manchen fällt es leicht, mühelos hin und her zu springen. Zwischen Welten, Punkten, Szenen. Andere können das nicht und brauchen das Konstante, Gleichförmige. Brechen aus diesem Grund Freundschaften oder Beziehungen ab? Dann gibt es einen Punkt, an dem Sätze fallen wie „Du bist gar nicht mehr die Person, in die ich mich verliebt habe" „Wir haben uns irgendwie auseinander gelebt." „Ich verstehe dich gar nicht mehr ..."

In einer Gesellschaft mit dem heutigen Tempo nehmen Veränderungen, die das eigene Leben betreffen, zu. Menschen ziehen aufgrund von Jobs in andere Städte und sagen sich „wir können uns ja besuchen und telefonieren" Können, ja. Am Anfang machen, später vielleicht lassen. Je nachdem, wie fest die Bindungen sind, bleiben Beziehungen bestehen. Welche Bindungen sind elastisch wie Gummi? Welche dünn wie Seide? Manche Freunde trifft man nach langer Zeit wieder und alles ist, als hätte man sich erst letzte Woche gesehen. Bei andern entstehen unangenehme Pausen, in denen keiner weiß, worüber man mit dem Gegenüber sprechen soll. Tauscht dann Nichtigkeiten aus, sagt sich beim Verabschieden Sätze wie „War schön dich gesehen zu haben, bis bald, lass uns telefonieren." Denkt aber, dass die Zeit verschwendet war und es kein nächstes Mal geben wird. Schlimm wird's, stellt man beim Betrachten des eigenen Spiegelbilds fest, dass die Person gegenüber einem fremd geworden ist. Solange man mit sich selbst im Reinen und die Stimme des Herzens einem vertraut klingt, ist alles in Ordnung. Ich scheue mich davor, nur wegen einer Arbeitsstelle in eine Stadt zu ziehen, mit der ich keine Berührungspunkte habe. Was nützt mir eine Arbeit, ein geregeltes Einkommen, wenn ich nach Feierabend in einer Umgebung bin, die ich mit niemandem teilen kann. Klar, dann heißt es rausgehen, aktiv sein, Freunde finden, ein neues soziales Netzwerk aufbauen. Wenn man jung ist, sollte dies doch kein Problem darstellen. Freunde, so wird gesagt, findet man doch überall. Die Freunde, die ich habe, finde ich aber nicht überall. Ich will lieber in einer Stadt leben, die mir vertraut ist, in der ich mich wohl fühle. Lieber einen Job, der scheiße ist, aber dafür stimmt der Rest wenigstens. Der Arbeitsmarkt macht uns zu Nomaden im Singlezelt. Ohne Stamm ist es jedoch zu kalt und die Mahlzeiten schmecken fade. TK-Kost vor dem Flatscreen ist ungesund. Da schiebt man dann Depris, dem Diktat der Arbeit unterworfen. Lieber arm mit der Illusion von Freiheit, als gutverdienend und eingezwängt im Korsett der Verwertungsmaschine.
Zu wenig Arbeit für zu viele Menschen. Aber es wird verlangt, dass wir uns um die freien Plätze streiten. Uns gegenseitig ausstechen. Unsolidarische Zeit. Wir müssen uns auf dem Markt bewähren. 40 Stunden knechten, um uns von unserem Lohn kulturelle Bedürfnisse zu befriedigen, die uns die Illusion geben, dafür würde es sich lohnen Arbeits-/Lebenszeit zu verschwenden. Da muss es doch eine Alternative geben? Eine andere Art zu arbeiten, zu leben?

Hätte ich einen Hund, müsste ich raus. So bleibe ich drin und gucke dem Regen zu. Die Regenwolken sind nicht zu sehen. Der Regen fällt aus einem neblig

grauen Himmel. Sieht gar nicht nach Regen aus. Ein Elternteil, die Regenkla-
motten verstecken die Person, steht im Regen und schwingt die Schaukel hin
und her. Das Kind freut sich und Wortfetzen wehen durchs offene Fenster.
Fenster, die sich nur nach unten kippen lassen. Es lässt sich nicht öffnen wie ein
„deutsches" Fenster. Kinder spielen Fußball im Regen, Erwachsene bestellen
sich ein Taxi vor die Haustür, um dem Wetter aus dem Weg zu gehen.

Die Beatz, die ohne Nachdenken entstehen, sind meistens die Besten. Wenn die
Finger die Pads drücken und man später nicht mehr sagen kann, was man eigentlich gemacht hat. Wie beim freestylen, wenn der Kopf völlig ausgeschaltet
ist und die Reime einfach aus einem heraus sprudeln. Man los lässt, das Unter-
bewusste handeln lässt und sich nicht einmischt. Das geht nicht immer. Manchmal versucht man sich durch Rauschmittel in diesen Zustand zu versetzen, in
dem die Kunst aus einem heraus fließt. Dabei liegt alles in uns. Wir müssen nur
loslassen. Die verstopften Kanäle befreien. Ich habe mangelnde Kreativität oft
auf das Setting geschoben, in dem ich mich befand. War wohl was dran. Hier
auf Grönland sind die Kanäle freier. Ich bin kreativer. Schon während der Schule
habe ich gesagt, dass ich schreiben möchte. Aber man braucht ja 'ne Aus-
bildung. Mir wurde gesagt, dass ich während des Studiums genug Zeit hätte
um zu schreiben, die Semesterferien seien so lang. Während des Studiums hat
es mit dem Schreiben aber nie so richtig geklappt. Die Semesterferien waren
nicht das, was mir gesagt wurde. „Schreiben kannst Du doch immer. Nach
Feierabend oder so. Such dir mal 'ne ordentliche Arbeit mit gut Geld." Ich will
aber keine ordentliche Arbeit mit gut Geld, die mir die Kreativität raubt, mich
auslaugt und geistig verkrüppelt, mich zerstückelt, damit ich mich mit Mar-
kenartikeln wieder zusammen setzten muss. Naja, am Jobben führt kein Weg
vorbei. Penge fürs Brot und die Miete auftreiben. Aber wenn das so aufreibend
ist, dass die Zeit zum Schreiben ausbleibt? Dann braucht es wahrscheinlich nur
länger. Satz after Satz bis etwas Lesbares steht. Und was ist, wenn das, was
steht, keiner lesen will? In einem System abseits des jetzigen Kapitalismus wäre
das vielleicht einfacher? In einem System, in dem jeder von vornherein genug
Zeit hat, um sich kreativ zu betätigen, wären meine Sorgen geringer ...

Im Bus saugt der Junge an der Brust. Er kann schon sprechen und kommentiert
Dinge, die am Fenster vorbei ziehen. Nicht unüblich, dass Kinder um die 3 Jahre
noch Muttermilch bekommen ...

Reinste Wegwerfmentalität. Der alte Fernseher noch picobello, aber Flatscreen is' schöner. Macht das Gucken gleich mehr Spaß. Und alle Kollegen haben auch schon einen. Kann man ja gar keine Leute mehr zu sich einladen. Ne ne. Außerdem braucht die Wirtschaft Konsumenten, keine Pfennigfuchser. Warum ist das Sparen noch nicht verboten? Das Volk braucht mehr Zoll! Auflösendes HD. Die Dokus über Kinder, die auf Müllhalden den alten Elektroschrott ausbrennen, kommen dann noch schärfer. So scharf wie der Rauch, der die Lungen verätzt. Ach wie zynisch. Wir fressen so viel Scheiße, dass wir den faulen Beigeschmack der Dinge schon gar nicht mehr schmecken.

Fuck! Wie konnte ich nur so verschlafen. Schon 4 Uhr. Oh, 4 Uhr nachts. Nochmal umdrehen und weiter pennen. Doch die Helligkeit stimmte überein. Aber auf meiner Uhr steht sonst 16 Uhr.

Schon tricky das Mobili aufzuladen. Wähle die Hotline und alles auf grönländisch. Ein paar Versuche später ist das Menü auf dänisch gestellt. Verständlicher. Ein paar Anläufe und das neue Saldo ist bestätigt.

Juni

Gegen 12 Uhr mittags ruft mein Mitbewohner an. Er ist bei einem Kumpel und sie haben zwei Kisten Bier gekauft. After-Party. Bin zwar grade erst aufgestanden, schön gefrühstückt, jetzt also Frühschoppen. Die vier Leute, die noch feierwütig sind, sehen noch recht frisch aus. Wir sitzen im Vorgarten eines alten Holzhauses in Nähe der großen Blocks. Keine Wolken am Himmel, strahlend blau, Sonne knallt. Der rote Holzzaun schützt vor Wind und ich zeige der grönländischen Sonne erstmals meine weiße Haut. Mein Nacken ist jetzt rot und spannt. Ich habe Brot und Karotten mitgebracht. An den Karotten demonstriert Kasi seine Blaskünste. Die Karotten verschwinden der Länge nach im Rachen und werden aus gespitzten Lippen gezogen. Die einzige Frau der Runde ruft nach Verstärkung. Sie ist ein bisschen genervt. Der Gastgeber fordert sie ständig dazu auf ihre Brüste zu zeigen. „Ach zeig doch mal deine Boobies. Nur ganz kurz. Nix dabei. I love it" Die Verstärkung trudelt ein. Noch weitere, die die Nacht ausgespuckt hat und deren Pegel noch Spielraum hat. Die After-Party / Frühschoppengesellschaft ist auf ein gutes Dutzend angewachsen.

Drei weitere Frauen, der Rest Kerle. Die lallenden Konversationen werden auf Dänisch geführt.

Die eine zeigt der Runde auf Nachfrage des Gastgebers ihre Titten. Bevor sie da war, hat der Gastgeber gesagt, dass sie schöne große Brüste hat und sie gerne zeigt. ,, I love it man. Nice boobies man. Rigtig stor." Später erzählt sie mir, dass sie gerne fickt. Muss keine Liebe im Spiel sein. Just for fun. Ich entgegne ihr, dass ich eine Freundin habe und kein Interesse hätte. Ist ok, aber das Gespräch ist beendet. Telefonate werden geführt. Das Bier ist alle. Geschäfte fallen weg. Wir laufen zu einem Dealer. Er macht auf, führt uns zum Kühlschrank und reicht uns die fünf Tüten. 50 Bier für 1500 DKK. Ich habe keine Kohle, aber darf so oft ich möchte in die Tüte greifen. Wer grade Geld hat, gibt es aus und Teilen ist selbstverständlich. Zigaretten liegen auf dem Tisch und wer Schmacht hat, greift zu. Einen hat die Müdigkeit übermannt. Er liegt schlafend in der Sonne und muss in ein paar Stunden arbeiten. Als Barkeeper. Ob er durchhält? Es folgen traumartige Sequenzen. Plötzlich Geschrei. Tränen. ,,Sie hat versucht sich umzubringen" Sie verschwand im Haus und die anderen stürmten hinterher. Er rennt raus, flucht laut: ,,Sie ist in mich verliebt, aber das geht nicht, habe doch 'ne Freundin" Er ruft jetzt die Polizei. Ich lehne mich gegen den Gartenzaun und mir ist schlecht. Was ist jetzt passiert? Hat sie wirklich versucht sich umzubringen? Muss mich setzen. Kurz den Kopf auf den Tisch legen, Kräfte sammeln …Plötzlich sind alle wieder draußen. Alle bis auf das Mädchen. Wo ist sie? Frage nicht. Als wäre nix gewesen. Die Laune ist nicht gesunken und es wird munter weiter getrunken. Das Radio wird aufgedreht. Es läuft 99 Luftballons von Nena …

In der Wochenzeitung steht eine Todesanzeige. 91 - 2012. Warum hat Grönland eine der höchsten Selbstmordraten?

Block A und L nur noch entkernte Gerippe. Kräne zerreißen die Gebäude und bilden einen Hügel aus Schutt. Die alten Sozialbauten aus späten 50er Jahren verschwinden. Auf dem frei werdenden Baugelände entsteht Neues. Häuser mit zwei bis vier Etagen werden das Licht von Nuuk erblicken. Nimmt man an, dass mit dem Abriss der gammeligen Bauten auch die damit assoziierten Probleme verschwinden? Die Bewohner der Häuser werden nicht renoviert. Der räumliche Umzug führt nicht zum Verlassen des sozialen Abseits' …

Die Witterung zerrt am Zeug. Nuuks Asphalt wird jeden Sommer saniert. Neu geteert, um eine weitere Saison zu überstehen. Die Bushäuschen bekommen einen neuen Anstrich. Grün und Gelb. Schnee und Eis lässt den Lack schnell spröde werden.

Das Tempo, mit dem neue Tracks entstehen, ist neu. Noch in D war ich zufrieden in einer Woche einen 16er zu schreiben. Manche Tracks brauchten Wochen. Hier entsteht eine Strophe an einem Abend. Beat bauen, Text schreiben, aufnehmen. Das Aufnehmen dauert fast genauso lange wie das Schreiben. Die Momente der Kreativität meist die glücklichsten …

24:15 hinter dem Bergkamm im Rücken von Nuuk glimmen Strahlen der nicht sichtbaren Sonne. Milchiges Rosa, an den Rändern golden. Wolken hier, dort hinten klar. Abstufungen von wolkig bis sonnig.

Bereite das Frühstück vor. Schiebe das Baguette in den Ofen, setze Wasser auf, hole Marmelade aus dem Kühlschrank und den Honig aus dem Schrank. Samstags wird das Frühstücken zelebriert. Alte Gewohnheit. Blicke aus dem Fenster, um die Wetterlage auszuchecken. Auf dem Balkon eines Nachbarhauses stehen einige Leute. Sie rauchen Zigaretten und trinken Bier. After-Party. Einer hält sich am Geländer fest. 10 Uhr und immer noch durstig. Im Rausch träumt es sich leichter, ist die Welt ein Stück heiler und die Verkorkstheit hinter einem Schleier aus Rausch und Rauch verborgen. Sorgen werden kurz abgeschüttelt. Nicht so viel ans morgen denken.
Ein Ei gibt es heute nicht. Hab zwar welche da, aber der Sinn steht mir nicht danach. Überhaupt ist das mit dem Ei so 'ne Sache. Es will mir mit dem Eierkocher nicht gelingen. Es wird nicht perfekt. Das Eiweiß fest, das Eigelb ein bisschen flüssig, so müsste es sein. Mit dem blöden Kocher wird alles fest oder weich. Die Zwischenstufe fehlt. Nächsten Samstag nehme ich ganz klassisch einen Topf. Lege das Ei dann in den Topf, Wasser drauf, auf den Herd, warten, bis das Wasser kocht und die Zeit stoppen. 2 1/2 Minuten. Obwohl eher 2 Minuten 20. Ok, kommt auf die Größe des Eis an. Bei einem Ei Größe M aus Bodenhaltung ist 2 Minuten 20 schon ein guter Richtwert …
Nach dem Frühstück nehme ich Stift und Papier zur Hand und schreibe …

,,Tikilluarot Innit Shopping-mut Periuutsimikpitsaasumik". Nächsten Monat eröffnet das neue Nuuk Center im Herzen der Stadt. Ein 10-Etagen Monstrum aus 14.500 Tonnen Betonelementen. 1.000 Tonnen Stahlkonstruktion. 3.500 Tonnen Gips und andere Bauelemente. 4.000 Kubikmetertonnen

Fassaden-Isolierungszeug. Das höchste Gebäude Grönlands - mit der ersten grönländischen Tiefgarage- hat 12.000 Quadratmeter Platz für Shops, Läden, Boutiquen. In der kostenlosen Wochenzeitung Nuuk Ugeavis stehen schon seit einiger Zeit Meldungen, die mit dem neuen Monstrum in Verbindung stehen. Den Anfang machten Stellenanzeigen. VerkäuferIn etc. gesucht. Jetzt sind wir an dem Punkt, an dem über den Umzug von verschiedenen Geschäften berichtet wird. Mehr Platz, moderner, schöner, kundenfreundlicher, bla bla bla. So wie es aussieht, ziehen die meisten Geschäfte um. Alles versammelt sich in Nuuks neuer Kathedrale. Die alten Immobilien stehen dann leer und das Stadtbild verändert sich ...

In Nuuk geht man zum Einkaufen zu Brugsen, Pisiffik, Spar oder Kamik. Brugsen und Pisiffik sind die beiden Big Player im Einzelhandel. Pisiffik gehört zu KNI-Kalaallit Niuerfiat (Grennland Trade). KNI ist für die Hälfte des Handels verantwortlich. Pisiffik hat 36 Supermärkte, lokale Läden und Fachgeschäfte in den sechs größten grönländischen Städten. Der Rest fällt unter Brugsen und verschiedene private Unternehmen. Brugsen hat 13 Shops in sieben Städten. Sowohl im Brugsen als auch im Pisiffik machen die Tiefkühltruhen einen großen Teil der Ladenfläche aus. Gemüse, Fisch, Fleisch, Eis, Früchte und mehr lagert im Kalten. Die Kühlschränke für Milchprodukte und Wurstwaren nehmen ebenfalls viel Platz ein. In der Gemüseabteilung liegt Obst aus Dänemark, Deutschland, Spanien und Südafrika neben holländischen Tomaten, italienischen Karotten und spanischem Salat. Zuweilen scheint die Gemüseabteilung wie leer gefegt. Nur ein paar halbverwelkte Lauchstangen liegen im Kasten und finden keine Käufer. Ein paar Möhren schwitzen im Plastikbeutel vor sich hin. Wenn das Warenangebot reduziert ist, bilde ich mir ein, dass das Schiff mit der neuen Fracht noch nicht eingelaufen ist. Das Flugzeug noch nicht gelandet ist ... Wenn nun gar keine Schiffe und Flugzeuge mehr kommen würden? Am Anfang gäbe es noch übrig gebliebene Konserven. Aber dann? Das Importierte ist selbstverständlich geworden. Ob in Grönland oder in Deutschland, die alltäglichen Essgewohnheiten sind importiert. Die Bewohner von Nuuk würden sich schwer tun, zu einer regionalen Versorgung zurückzukehren. In den kleinen Siedlungen, wo traditionelle Essgewohnheiten noch verbreiteter sind, mag das vielleicht noch gehen, aber hier in der Großstadt?

Manche Dänen haben keine allzu gute Meinung über Grönländer. Alle alkoholkrank. Zerrüttete Familien. Missbrauch. Gewalt. Faule Leute, die sich auf unsere Kosten ... Dabei waren die mit vorurteilsbeladenen, rassistischen Meinungen noch nie hier ...

Der große Pisiffik zieht auch ins neue Nuuk Center. Titelstory. Die Titelseite zeigt einen leeren Supermarkt. Leere Regale, leere Truhen. Auf den neuen Fliesen liegt noch Staub. Das Tempo der Entwicklung und Modernisierung erstaunt mich immer wieder. Gerade drei Monate hier, doch die Veränderungen im Stadtbild enorm. Eben war nur das Gerüst zu sehen, jetzt glänzt die Fassade und ein Schornstein ragt gen Himmel. Wo eben noch Felsen war, ist jetzt eine ebene Fläche. Mühsam glatt gesprengt und der rauen Landschaft abgetrotzt.

Am 21. Juni hingen Fahnen vor jedem Haus. Nationalfeiertag mit ganztägigem Programm. Trachten werden angezogen und Reden gehalten. Die Bürgermeisterin spricht mehrmals am Tag. Ich höre sie nicht. Gehe zur Sporthalle und schaue dem Treiben zu. Kostenloses Essen für die Bürger. Chöre singen. Die Tanztruppe dreht sich. Auf dem steinigen Fußballplatz vor der Halle wird gekickt ...

Ein Streit im Suff. Aus dem Streit wurde ein Verbrechen. Frau aus fünftem Stock geworfen. Jede Hilfe zu spät ...

Kein Salat wie erwartet. Doch keine Gurken. Walspeck mit Currysauce. Nicht mein neues Leibgericht. Für den Nachschlag greife ich zum Lamm. Das ist meinen Geschmacksnerven vertrauter. Kaffemik ist fett. Erst deftig, dann Kuchen. Stille meinen Hunger nach tierischem Eiweiß und Zucker. Kaufe mir selbst kein Fleisch, keinen Fisch. Das importierte Schweine- und Rindfleisch zu kaufen, käme mir nicht in den Sinn. 3300 Tonnen Schwein und Huhn werden jährlich nach Grönland importiert. 82 kg pro Kopf. Nur die Hälfte der Haushalte isst häufig grönländisches Essen. Eher Hamburger als Walsteak. Nur zu besonderen Anlässen gibt es Wal.

Jedes Jahr wechseln Jugendliche ihre Familien und begeben sich zu Gastfamilien ins Ausland. Grönländische Teenager in Spanien oder Frankreich. Italienische in Grönland. Deutsche in ... Ein großes Geflecht aus Verzweigungen spannt sich über den Globus. Tausende interessante Geschichten. Verbindungen zwischen Menschen. Punktuelle Veränderungen der Offenheit und Toleranz. Ein

Zusammenwachsen über Grenzen hinweg. Auf unserer Welt wird wild genetzwerkt. Grenzen werden übertreten und außer Kraft gesetzt ...

Ich weiß zu wenig über das Land, indem ich lebe. So viele Aspekte, von denen ich keinen blassen Schimmer habe. Stört ja weiter auch nicht. Erst wenn Fragen auftauchen, das eigene Interesse geweckt wird, das eigene Unwissen offensichtlich wird, beginnt die Störung. Heute wurde mein Unwissen gestört. Ein Filmemacher kam nach Nuuk, um eine Doku zu machen. Er ist Teil einer Crew, die mit dem Schiff von Kanada über Neufundland, nach Grönland fuhren. Die Westküste entlang rauf bis zur Diskobucht und weiter. Er interessiert sich dafür, was grönländische Jungendliche über die Nutzung der eigenen Ressourcen denken. Öl, Minerale und was es nicht alles hier gibt. Ermöglicht die Förderung der Rohstoffe Grönland unabhängiger zu werden? Wirtschaftliches Wachstum? Was wird gedacht, gewünscht und umgesetzt? Noch gibt es keinen eindeutigen Fahrplan. Keine Strategie. Wie umgehen mit den Investoren, die Ressourcen ans Tageslicht bringen wollen? Es gab da einen Plan für eine Mine in Maniitsoq. 2.000 chinesische Arbeitskräfte importieren und unter Tage schuften lassen. Wer hat sich das ausgedacht?
Dem Land seine Ressourcen zu entreißen ist nicht leicht. Wäre es leichter, wäre Grönland ein anderes Land. Vielleicht ist es Glück, dass die Natur den Zugang zu den Rohstoffen erschwert.
Doch der Hunger nach ihnen treibt Bestrebungen voran. Der Zugang nur eine Frage der Zeit?

Ich gebe es offen zu. Ich habe Filme nie in OmU gesehen. Immer nur die synchronisierten Fassungen. Was halt in der Glotze so läuft. Deutschland eins der wenigen Länder mit vollständig synchronisiertem Programm. Höre erstmals die originalen Stimmen der Stars. Krass, der klingt im Deutschen ganz anders. Manchmal irritieren die Stimmen und wollen nicht richtig passen. Mein Englisch wäre so viel besser hätte ich mir stets OmU gegeben ...

Juli

Im Grunde bin ich jetzt illegal. Habe keine Aufenthaltserlaubnis, kein Visum, nix. Die ersten drei legalen Monate sind verstrichen und von offizieller Seite hab ich nix gehört. Angst in Ausweiskontrollen zu geraten, habe ich nicht. Die Polizei hat andere Sorgen, als grundlos Ausweise zu kontrollieren. Die Cops habe ich eh nur selten gesehen. Nichts desto trotz hat die „Illegalität" Nachteile. Kann keinen Ausweis in der Bibliothek beantragen, bekomme kein Bankkonto. Mein Antrag, vor 8 1/2 Monaten gestellt, steckt irgendwo im bürokratischen Dschungel zwischen Dänemark und Grönland. Die Situation ohne Aufenthaltsstatus zu sein bekommt dadurch eine komische Note, dass ich keinen festen Wohnsitz habe. Nirgendwo. Nachdem meine WG-Zeit vorbei ist, lebe ich jetzt in dem Apartment eines Lehrers, der im Urlaub ist. Da ich die Adresse nicht kenne, lebe ich irgendwo in Nuuk. Nähe altem Hafen. Und danach? Meine Reisetasche mein Kleiderschrank. Meine E-Mail-Adresse das einzige, was meine Erreichbarkeit sicherstellt. Theoretisch könnte ich jetzt untertauchen …

Greenpeace wird gehasst. Die sind gegen das Töten von Walen und Robben. Doch die Jagd dieser Tiere gehört zur Identität der Inuit. Es wird nicht grundlos getötet. Nur so viel, wie gebraucht wird. Und von den erjagten Tieren wird alles verwertet. Die Bilder, auf denen Männer kleine Babyrobben mit Knüppeln erschlagen, stammen nicht aus Grönland. Falsche Propaganda. Hier werden nur erwachsene Tiere erlegt. Und mit Knüppeln noch nie.

Vor dem Wettcafé stehen die Ticker und verkaufen ihren Stoff. Sie lehnen sich an die Wand, rauchen Kippen und quatschen mit den Kumpels. Das Café für Sportwetten liegt direkt im Zentrum und der Eingangsbereich ist für jeden sichtbar. Die Öffentlichkeit stören weder Pusher noch Konsumenten. Männer und Frauen gehen hin, gehen weg, gucken beim Weggehen in die Handfläche und verstauen den Klumpen in der Jackentasche. Hasch ist die stärkste illegale Droge auf Grönland. Die Ware stammt aus Dänemark und wird hier gewinnbringend verkauft. In Dänemark kostet ein Gramm 50 DKK und wird hier für 500 oder gar 1500 DKK verkauft. Die Gewinnspanne auszurechnen daher ein Klacks. Wie verbreitet der Konsum von Hasch hier ist, weiß ich nicht. Vielleicht so wie in Europa auch. Die Mengen, die vom Zoll abgefangen werden, sprechen jedenfalls dafür. Wie organisiert die Branche hier ist? Vor dem Wettcafé stehen bestimmt nur die kleinen Fische, die kleine Mengen unters Volk bringen und denen bei Polizeikontrollen wegen der kleinen Mengen nix passiert. Eine Sprosse höher in der Pusherhierarchie ist, keine Ahnung, Großhandel, Schmuggler … oder ist alles privat organisiert? Männer und Frauen, die Glück suchen, nach Dänemark fliegen, einkaufen, zurückfliegen, verkaufen …

Es ist zum Verrücktwerden. Bevor die Aufnahme läuft, sitzen die Raps perfekt. Klingt rund, jede Zeile sitzt. Und kaum drück' ich auf Rec, kann ich nicht mehr rappen. Vergesse einzelne Passagen und der Flow ist weg. AHH *#*#. Fluchen hilft nicht. Take after Take wird verkackt. Mach' 'ne Pause und starte später einen weiteren Versuch. Manchmal wird zwischen Live- und Studio-Rappern unterschieden. Die einen können besser im Studio rappen, die anderen sind live besser und brauchen Publikum. Welche Sorte Rapper bin ich? Studio? Live? Battle? Backpack? Battle? Conscious? Öko? Müsli? Student? Auf Kategorien wird gepflegt geschissen. Jedenfalls ist live mehr Adrenalin im Körper. Anspannung, und wenn's los geht, kommt's einfach raus: bämm. Beim Aufnehmen muss ich in der Regel den Text auswendig können um cool zu rappen. Ablesend rappen klappt oft nicht. Da fehlt das Quäntchen Energie, das den Unterschied zwischen fett und nicht gut genug ausmacht. Traue mich gar nicht zu sagen, wie viele Takes ich brauche. Muss ja auch keiner wissen, denn das Endergebnis zählt. Neuer Versuch. Eins, zwei, drei und Action.

Ich war noch lange kein Teenager. Sang Texte von Ton Steine Scherben und verstand die Message nicht. Oder doch? Der Geist der Texte scheint mich nachhaltig geprägt zu haben. Als Teenager schrieb ich dann Texte mit Titeln wie "Falscher Reichtum". Jugendliches Aufbegehren gegen Materialismus und Werte, die noch nicht in Worte zu fassen waren. Jetzt, über ein Jahrzehnt später, stelle ich fest, dass der Inhalt meiner Texte gleichgeblieben ist. Geändert hat sich die Fähigkeit zu rappen. Die Skills, der Flow sind besser. Der Kern der Überzeugungen stimmt jedoch überein. Man könnte sagen, meine Ideale sind erhalten geblieben. Hip Hop hat mir geholfen meine Ideale zu bewahren. Selber machen. Frei sein und seinen eigenen Style haben. Frei von Vorurteilen sein. Open Minded und so …

Die Distanz zwischen den einzelnen Teilen des Landes, ließ verschiedene Kulturen entstehen. Führte dazu, dass die Sprache nicht einheitlich ist. Die Wörter für Farben sind so verschieden, dass Menschen aus Nord- und Südgrönland sich nicht über Farben unterhalten können.

War mit den Kollegen einen heben, aber um drei schließen ja die Bars, daher gehe ich nach Hause, keine After-Party für mich, obwohl ich mach meine eigene After-Party … dreh die Mucke auf, laut, etwas, was man Elektro nennt, ich von den Momenten kenn als ich mit euch Arm in Arm feierte … Bin bei euch, so weit weg, doch so nah, könnt ihr mich spüren? … bin fucking drunk, für einen

Preis, zu dem wir alle betrunken wären. Drauf geschissen, ich dance für euch, für mich, für den Moment, repeat das gleich Lied, oh yeah ..schon hell draußen, vor mir das Meer, Eisberge im Wasser, oh fuck, so beautiful, so full, bam bam tack tack , tanz' eine Stunde mit Gänsehaut … hab ja noch Wein, Leftover des Lehrers mit der Armbrust über der Tiefkühltruhe, alles Latte, dance, dance, für euch, mit euch, obwohl ihr nicht da seid, ihr fehlt, eure Sprache, Sätze, Wärme, Geschichten, Sorgen, …dance, dance, glücklich … kein Ende, dance, dance … Wie als ich bei euch war, im Club. Frag mich nicht, was ich tue, just enjoying time, weit weg von daheim. Keine club culture hier wie zu Hause, vermisse es zu dancen bis T-Shirts durchnässt, Freunde Kilometer hin und her laufen und dancen, auf ihre eigene Art, mal laufend, mal in sich gekehrt, mal eher indie zu Elektro, mal eher eigen zu everything, everthing inside me … fucking drunk, bam bam, wo ist der Bass. Ein Schluck Wein und weiter geht's … oh yeah … ich bin ja eher so der Hip-Hopper: aber ein Freund eines Freundes hat gesagt Hip Hop leben, Elektro feiern. Jaaa Mann. Aber Elektro gibt's nur auf meinem Laptop, ein zwei Sets, Tracks die ich habe, Internet zu teuer, egal, ein Lied laden geht klar, bam bam, tack tack, rewind … …!!!!!!!!!!!!
Yeeeeaaaaaaahhhhhhhhhh wir lebennnnnnnnnnnnnnnnnnnnnnnn
Glücklich zu wissen, dass ihr da seid, ich bin ja nicht da, aber euer Herz hat ja Platz für einen Typen der mal weg wollte/musste und sich bei Zeiten fragte warum, warum hier, warum nicht bei euch … egal, erstmal dancen, breit, glücklich und die Sonne ist schon ewig aufgegangen.. dance, dance …One Love … Denk an euch im Schatten von Eisbergen .. whaaaaaaaaaaaaaaaaa
Wär irgendwer von euch hier, ich würde ihn in den Arm nehmen und erdrücken, ich schwör's …
Move , tschack, bo bo yeah
Good Morning Greenland!
Jetzt ein Schnaps wär' das Ende, jetzt ein Lächeln von euren schönen Gesichtern wäre der Anfang. Denk' mir euer Lächeln und fang' an, ihr könnt das doch nur supporten, ein Typ danced im Fjord …
Ich bin bei euch, wir leben doch in einer WELT ….

Die große Anzahl von Dänen wird unterschiedlich erlebt. Von Ablehnung bis Befürwortung ist alles dabei. „Wir können das selber und brauchen sie nicht" „Ohne sie würde es nicht gehen." „Wir sprechen zu viel Dänisch und manche

Grönländer können nicht ihre eigene Sprache." "Ich schreibe SMS auf Dänisch. Geht viel schneller, da die Wörter nicht so lang sind."

Die Grönländer sind lachende Menschen. Humor ist hier überlebenswichtig. Um die langen Winter zu überstehen, muss man viel lachen. Ist es dunkel und kalt, hilft es lustig und fröhlich zu sein und die Sonne im Herzen zu tragen ...

Die Siedlung ist klein. Jeder kennt jeden und Gerüchte verbreiten sich schnell. Als sie sich fanden, wollten sie kein Gerücht sein. Sie liebten sich und ließen keinen davon erfahren. Zeit verging, ihre Liebe wuchs. Als ihr Bauch wuchs, ließ sich ihre Liebe nicht mehr verheimlichen. Die Liebenden wurden ein Gerücht und die Leute in der Siedlung hatten neuen Stoff für Gespräche. Doch die Zutaten der Gerüchteküche wurden bitter. Abgründe taten sich auf. Der Vater konnte sein eigenes Geheimnis nicht mehr verbergen. Vor vielen Jahren hatte er seine Frau betrogen und mit einer anderen ein Kind gezeugt. Als das Kind erfuhr, wessen Vaters Kind er war, hatte er bereits seine Schwester geschwängert. Das neue Wissen war zu schmerzhaft für ihn. Er brachte sich um. Die junge schwangere Frau stürzte sich ein paar Tage später ins eisige Wasser ...

Jeder mit einem Computer kann sich Produzent nennen und Lieder aufnehmen. Jeder, der sprechen kann, sich Sänger oder Rapper nennen. Das erste Lied kann ins Netz gestellt werden und ...
Ich träumte als Jugendlicher davon ein Demotape zu machen. Ein richtiges Tape, 'ne Kassette. Zu der Zeit der Nullerjahre war das normal. Ein Haufen Tapes aus dem Untergrund rotierten in den Tapedecks .Wenn mir jemand ein Tape gab, überspielte ich ihm meine Tapes. Dass der Kopiervorgang die komplette Spieldauer brauchte, war normal. Hat man sich eben das ganze Tape nochmal reingezogen. Klingt so weit weg. Ein Demotape habe ich nie draußen gehabt. Habe nur davon geträumt. Die Hürden, um Gehör zu finden, waren früher größer. Wahrscheinlich auch zu groß für mich. Den Quantensprung kann ich nur gut heißen. Aber der Spirit ausgenudelter Tapes ist noch in mir. Die Frage, ob Musik ein Mindestmaß an Qualität haben muss, damit sie es „wert" ist gehört zu werden, kann ich nicht beantworten. Qualität von was? Mir ist es auch zu lästig geworden darüber nachzudenken. Ich bin jetzt an dem Punkt, an dem ich ... ach, ist doch egal ...

„You should try a greenlandic pussy." No I have a girlfriend. „But she is far away." Yeah, but I don't cheat her. „It's ok, but you should try." ...

Die Hände riechen nach Hotelseife. Zufall, dass ich an diesem Ort bin. Müde. Schöner Blick aus dem Panoramafenster. Eine Stadt im Nebel. Eisberge stehen Schlange. Schlittenhunde heulen kurz auf. Ein Flug gecancelt und zack, sitze ich im einzigen *****Hotel Grönlands in Ilulissat. Erstmal Nagelfeile, Nähzeug und Zahnbürste abgreifen. Wer weiß, was die Reise noch bringt? Nach sechs Stunden Abhängen in Kangerlussuaq kamen wir nicht mehr rechtzeitig in Ilulissat an. Zu spät für den Weiterflug. Der Pilot zu müde. In Kangerlussuaq, ein von den Amis künstlich erschaffener Ort, noch schnell die Brücke angeguckt. Vor einem Monat hat der Fluss sie zerrissen. In diesem Jahr ist das Inlandeis erstmals komplett angetaut und die frei werdenden Wassermassen nehmen keine Rücksicht. Ilulissat ist die Hochburg des Tourismus. Ein hoher Anteil der Reisenden ist im Rentenalter. Gutbetuchte Deutsche auf Stippvisite im Eis. Meiner einer ja auf Dienstreise. Projektwoche in Sornoru.
Nur ein paar Stichpunkte, dass ich nichts vergesse. Welcher Tag ist heute? Der zweite nach der verzögerten Ankunft. Die Sicht aus dem Flugzeug der totale Flash. Eine Stunde Staunen später Anflug. Jetzt wird's tricky. Der Flugplatz von Upernavik ist auf dem Berg der Insel gebaut. Die Landebahn ist so schmal, dass ich kurz Luft anhalte und die Augen schließe. Wenn der Sitz mit Panzerband getaped ist, steigert das nicht gerade die Zuversicht.
Mein Rücken tut immer noch weh. Zwei Stunden in einem offenen Fischerboot sind meine Knochen nicht gewöhnt. Oder ich bin zu verwöhnt. Ja. Verwöhnt. So sehr, dass es normal ist, wenn das Wasser aus der Leitung kommt und Toiletten eine Spülung haben. Fehlt das Selbstverständliche, bin ich erstmal irritiert. Als wir in den Hafen einliefen, explodierten Raketen im Nebel. Ein Feuerwerk für uns. Am Steg standen die Bewohner der Siedlung und winkten mit kleinen Fahnen. Die in der ersten Reihe in festliche Tracht gekleidet. Bevor wir an Land gehen durften, wurden Reden gehalten. Dann ans Land und kräftig Hände schütteln. Im Gemeinschaftshaus weitere Reden und Vorstellungen. Dann Willkommensschmaus. Mattak für die Gäste. Vor mir liegt ein ganzer Teller voll Walspeck und ich fühle mich beobachtet. Jeder Gast hat einen Teller, aber die Bewohner müssen erst einmal zusehen. Guten Appetit.
Wir werden auf die Bewohner der Siedlung aufgeteilt. Jeder darf sich einen Gast aussuchen. Mein „Gastvater" spricht nur Grönländisch. Überhaupt sprechen die meisten hier nur Grönländisch. Selbst Dänisch ist selten. Die meisten

Männer sind Fischer und Jäger, sowie schon die Vorväter. Wo wir schon bei Vorvätern sind: vor ein paar Generationen hat sich ein Deutscher hier her verirrt, ist geblieben und hat viele Kinder gezeugt. In allen umliegenden Siedlungen ein paar. Nun meint einer ich sei herzlich willkommen, denn es könnte ja sein, dass ich zur Familie gehöre.

Die Gastfreundschaft ist unfassbar. Essen heißt leben/überleben. Daher wird es geteilt. An einem Tag wird ein Festessen im Freien veranstaltet. Die Familien packen Essen und Töpfe ein und wandern zum Fuß des Berges. Dort wo Sorrel, eine essbare Pflanze, gerade wächst und frisches Wasser aus den Steinen quellt. Die einen sammeln Sorrel, die anderen Gestrüpp fürs Feuer. Die Frauen schneiden Robbenfleisch mit dem Ullu und entfachen das Feuer. Das Fleisch brutzelt auf dem Backblech. Mir wird alles angeboten und ich werde aufgefordert alles zu probieren. "Mhmm mamaq ilaa? Suu mamaq!" Jeder lächelt. Die menschliche Wärme so warm, wie das Walsteak vom Grill. Warm wie der Hitzeschwall nach einer Portion gekochtem Walross. Warm wie die Suppe mit Reis und Sorrel. "Mhmm mamaq!" Zwischen all den kochenden, essenden Gruppen ein Berg von Trockenfisch.

Im Gemeinschaftshaus wird zum Tanz aufgespielt. Grönländische Polka. Tanzwettbewerb und Sodavand. Geraucht wird viel. Bestimmt 90 % der Leute quarzen Prince. Jugendliche, Männer, Frauen, alt, jung, schwanger oder schwer hustend. Alkohol wird nicht getrunken.

Auch wenn ich sie erst vor ein paar Minuten gesehen habe, laufe ich ihnen erneut über den Weg, wird freundlich gegrüßt. "Aluu Jaku, Hej, Hello."

Die Sonne brennt 24 Stunden, wenn sie denn scheint. Die erste Zeit viel Nebel, der die Mücken ruhig stellt. Im Nebel ist es kalt, besonders wenn der Wind pfeift. Kalt direkt vom Nordpol ins Gesicht. Das Land karg. Ein paar Büsche, Blumen - eben das, was sich so während des kurzen Sommers raus traut. 200 Menschen leben hier. Die typischen bunten Holzhäuser, vor denen Schlittenhunde dösen ... Die Familien in Sornoru essen noch überwiegend grönländisches Essen. Walsteak mit Kartoffelbrei. Dass Walfleisch mit Giftstoffen wie Quecksilber angereichert und gesundheitsschädigend ist, ist nicht präsent. Das Meer ist vergiftet und somit auch die Grundlage der Existenz.

Die Alten wissen spannende Geschichten zu erzählen. Leider kann ich mich nicht mit ihnen unterhalten. Sie wollen sich mit mir und ich mich mit ihnen unterhalten, doch ich kann kein Grönländisch. Würde ich ein paar Monate hier verbringen, würde ich es können. Auch weil ich müsste.

Die Zähne sind wenig. Bei den meisten gucken Stummel aus den lächelnden Mündern. Im Zuge der Kolonisation wurden viele Inuit nicht nur süchtig nach Nikotin, sondern auch nach Zucker. Der hohe Zuckerkonsum ist weit verbreitet. Ich sitze am Hafen und schaue aufs Meer. Vater, Sohn und Enkelkind kommen vorbei, grüßen und sagen, sie gehen angeln. Wie sollte es anders sein, dick eingepackt und die Angelroute auf der Schulter. Die Fischer bekommen mehr Geld als früher für den Fisch. Die Preise sind besser geworden. Jetzt sitzt doch die ganze Familie im Boot. 8 Personen, drei Generationen. Ein Fischer kommt zurück und die Hunde heulen laut auf. Es gibt Essen. Wäre das Meer leer, welche Lebensgrundlage gäbe es dann? Keine. Das Meer ist die Grundlage des menschlichen Lebens. Ohne Meer keine Nahrung. Am Steg sitzen die Kinder und fangen dumme Fische. Dumm, weil sie so leicht zu fangen sind. Dumm, klein, nicht viel Fleisch, aber 'ne gute Übung …

In der Siedlung hilft jeder jedem. Der Zusammenhalt ist stark. Eines Abends klingelt mein Mobili, ich soll kommen, wir treffen uns. Die Stimme verrät nix Gutes. Es gab einen Unfall. Einer der Fischer ist gekentert. Er fiel vom Boot und es fuhr unbemannt im Kreis. Zum Glück geschah alles in Nähe des Hafens. Weiter draußen wäre jede Hilfe zu spät gekommen. Das Meer ist gefährlich, spendet nicht nur Leben, sondern nimmt es auch. Nicht diesmal. Er ist wohlauf. Doch der Schock sitzt tief im Mark der Siedlung. Am Morgen nach dem Unfall findet im Versammlungshaus eine Zusammenkunft statt, die mich an eine Trauerfeier erinnert. Gruppen sitzen um Tische. Kerzen brennen. Tränen fließen. Jeder muss sagen, was er fühlt. Das ist hier der Weg, das Geschehene zu verarbeiten, um ohne Ballast weiter zu gehen. Was wird gesagt? Bereu' es mal wieder kein kalaallisut zu sprechen. Würde gerne den Geschichten lauschen. Übers Jagen, Fischen und Lieben.

Eine alte Frau spricht mir etwas vor und ich soll es wiederholen. Es gelingt, ich spreche es nach und ernte schallendes Gelächter von allen Seiten. Ich frage nach, was habe ich gesagt? „Big Pussy".

Jeden Abend wurde getanzt. Im Gemeinschaftshaus schwingen Alt und Jung gemeinsam das Tanzbein. Ein Festival, zu dem Bands aus benachbarten Siedlungen anreisen. Grönländische Lieder, die unter die Kategorie Rock fallen, scheppern aus den Boxen. Zwischendurch gibt's Polka. 1,2,3,4 drehen, drehen …

Zum Abschied Schüsse aus dem alten Gewehr, das neben der Toilette stand. Ein paar Tropfen Motoröl in den Lauf, ein, zwei Mal durchladen und die alte Büchse ist bereit. Mein Gastataata einer der besten Schützen im Dorf. Hat vor kurzem einen Moschusochsen geschossen. "Pikkori" sagt eine Verwandte beim

Kaffemik. Eine Woche da, dreimal Kaffemik. Beim ersten sprach der Großvater ein bisschen Deutsch. Hatte er in der Schule gelernt. „Herzlich Willkommen, wie geht es Ihnen?" Früher haben Grönländer Deutsch in der Schule gelernt. Jetzt nicht mehr. Warum auch.

Ich hatte nie vor mir Schmuck zu kaufen. Jetzt habe ich eine Kette. Ein Abschiedsgeschenk: "Qujanq!"

...Ich werde abgelenkt. Die deutschen Touristen an der Hotelbar quatschen zu laut. Ich fühle mich nicht dazu gehörig. Die Woche in der kleinen Siedlung hat mich nicht zum Grönländer gemacht, aber mich ihnen näher gebracht. So nah, dass ich erstmals auf grönländisch träume. Die Sprache, auch wenn unverstanden, ist ins Unterbewusstsein gesickert. So viel Greenlandic Food werde ich nie wieder essen. Soviel Gastfreundschaft nie wieder erleben. Zum Abschied wurde mir gesagt, dass ich einen Platz in seinem Herzen habe,es schön war, dass ich da war und mit ihnen gearbeitet habe. Sprachlos, gerührt, schlug mein Herz im Hals. Eine Rede ... für mich ... Jaku aus Tyskland ... hier bei uns ... einer unter uns ...

Ich habe versprochen von ihnen zu erzählen. Von Sornoru. Doch bis jetzt habe ich zu wenig erzählt. Die Nettigkeit ist notiert. Die Musikalität beschrieben. Das Winterhaus? Ja, das muss ich noch beschreiben. Im Nebel ist es kalt. Kommt die Sonne raus, sirren Mücken zu tausenden stechlustig umher. Hab ein Netz auf dem Kopf und so viele - will sie gar nicht zählen, nur verscheuchen, zerquetschen - setzen sich aufs Netz. Aber das sind Belanglosigkeiten. Mit einem Spaten steche ich Torfquadrate aus und stapel' sie. Ein kleiner Junge neben mir zeigt auf Steine und brabbelt etwas auf kalaallisut. Ja, sage ich, das finde ich auch. Doch zurück zum Torf. Das wird die Isolierung. Weiter oben, zweihundert Meter vom Friedhof entfernt, bauen andere ein Gerüst. Ein Haus aus Holz. An die Außenwände des Hauses werden in abwechselnden Schichten Steine und Torfplatten aufeinander gelegt. Erst Erde, dann Stein, wieder Erde, dann Stein usw. bis das Haus eine schöne Fassade hat. Ja, wir haben zusammen ein traditionelles grönländisches Winterhaus gebaut. Manche denken die Inuit hätten nur in Iglus aus Eis gewohnt. Nix da. In solchen Häusern, wie wir eins gebaut haben. Ok, solches Holz, wie wir benutzt haben, gab es früher nicht, aber Treibholz oder Knochen taten auch ihren Zweck. Eigentlich wollte Hansi auch ein richtiges Oldschool-Fenster einbauen. Eins aus Robbendarm, dass in den Rahmen gespannt wird. Jetzt ist es doch aus Glas. Mit der Lüftung war es in alten Zeiten ein bisschen schwierig. Meist wurde im Sommer das Dach abgenommen, so dass der Mief des Winters raus konnte. Die Bewohner sind dann auch raus und mit Zelten zur Jagd gezogen. Bei dem Bau des Hauses haben alle mitgehol-fen. Klein und Groß. Alt und Jung. Schöne Atmosphäre. Zwischendurch wurde „Pausi" gerufen und bei Kaffee und Keksen wurde kurz relaxed. Wenn ein Feuer ausbrechen würde, wären sie hier auf sich allein gestellt. Eines Morgens erzählen die Feuerwehrmänner, was zu tun ist, wenn es brennt ...

...Zwischendurch, wenn die Band eine Pause macht oder morgens, wenn wir uns das Brot mit Marmelade bestreichen, wird verkündet, dass jemand wieder was versteckt hat. Wir gehen hinaus und suchen 100 Kronen oder Guthaben fürs Mobili, die irgendwo liegen. Hab nie was gefunden, das Versteck nicht entdeckt ...

August

Jetzt habe ich 'ne Gastfamilie. Erst WG, dann Apartment, jetzt Family. Eigent-lich fühle ich mich zu alt dafür ... Sitze wieder auf einem Balkon und kann in die Wohnzimmer gegenüber schauen. Meine Gastmutter nennt die Neubauten Aquarien. Wegen der großen Fenster. So windstill, komme ich ins Schwitzen. Das Meer so spiegelglatt, reflektiert die Strahlen und sieht verlockend aus, so gar nicht nach 2 oder 3 Grad. War noch nie im grönländischen Gewässer. Wird auch von abgeraten. Kein Badewasser. Habe den richtigen Augenblick erwischt. So einen Sommer hat Nuuk nicht oft. Sonst mehr Regen in dieser Gegend zu dieser Zeit. Obwohl in den letzten Wochen Regen jeden Tag. Just zu dem Zeitpunkt als ein internationaler Jugendaustausch stattfindet. Die Gäste zeigen mir, was ich schon weiß, wie sehr ich schon grönländisiert bin. Vorurteile und Klischees werden mit meiner Sichtweise konfrontiert und rufen Staunen und hochgezogene Augenbrauen hervor. "Nein, ich würde nicht sagen, dass ... mhm, habe ich nicht so erlebt ... nein, weiß ich nicht, glaube ich nicht und könnte sein ..."

Eine Gesellschaft von der Größe Grönlands ist von äußeren Einflüssen „mehr" betroffen, als andere. Wenn tausend Arbeiter von „außen" hier aufkreuzen, sind die Konsequenzen ... der Run auf die Ressourcen. Verlockende Minerale. Multis stehen Schlange und bitten um Gespräche. Eigentlich muss die Bevölke-rung zustimmen, doch werden Bürger nicht in Pläne eingeweiht, kann keine Zu-stimmung erfolgen. London Mining schaltet Anzeigen in Zeitungen und wirbt für das Großprojekt/die Mine. Nur Vorteile ...Das Land kann nicht gekauft werden. Von niemandem. Es kann nur auf bestimmte Zeit genutzt werden. Quasi gepachtet.

Oft sind es die jungen Frauen, die bildungshungrig, gut ausgebildet, in die große Stadt ziehen. Die Alten und jungen Männer bleiben in den kleinen Siedlungen zurück. Kommt mir irgendwie bekannt vor ...

Seh' mein erstes Nordlicht. Nachts vom Balkon. Grün schimmernde Schwaden, die zaghaft rotieren. Ein grünes Band über der Stadt, noch matt und nicht im vollen Besitz seiner Strahlkraft. Wie das nächste Nordlicht scheint?

Mehr als die Hälfte der Zeit schon verstrichen. Klammheimlich vorbei gerast. Nicht dem Ort geschuldet, bei euch das gleiche Phänomen. Meine Augen sehen jeden Tag noch Unbekanntes. Etwas, das in Staunen versetzt. Welch faszinierender Fleck Erde

Vergleiche helfen das Gegenwärtige zu „bewerten", ein Stück zu analysieren. Analysen vorzunehmen nicht meine Aufgabe. Ich schnappe hier und da nur Gesagtes auf und mache mir Notizen. Bin meilenweit entfernt von einem wissenschaftlichen Anspruch. Also ich habe folgendes aufgeschnappt: Die Inuit in Kanada sind in einer ganz anderen Situation, als die in Grönland. In Kanada ist es nicht so weit verbreitet, die eigene Sprache zu sprechen oder in ihr zu schreiben. Die englische Sprache ist dominant, die eigene nicht gleichberechtigt. Die sozialen Probleme der indigenen Bevölkerung sind gravierender. Auf Grönland ist die Sprache der Inuit lebendig. Sie wird gesprochen, geschrieben, gelesen, gesungen. Sprache verknüpft mit Identität, insofern ist hier die „indigene" Identität ... ich tue mich schwer mit diesen Begriffen und bin ihnen im Alltag nicht über den Weg gelaufen. Vielleicht ist diese Bezeichnung auch nicht relevant. Die Anrede, Indigene auf der einen und Grönländer auf der anderen Seite nicht.. als Bevölkerung einer Nation, wären alle die dem Staat zugehörig sind, als Grönländer zu bezeichnen. Inuit wären dann alle, deren Vorfahren hier schon vor der Kolonisation gelebt haben. Inuit heißt übersetzt Mensch.
Grönland, Kalaallit Nunaat, bedeutet Land der Menschen. Sich selbst einfach nur als Mensch zu bezeichnen finde ich schön, weil es keiner weiteren Bezeichnung bedarf ...

In der Natur hocken Menschen und pflücken kleine schwarze Beeren. Sie schmecken für meinen Geschmack etwas bitter. Mit viel Zucker zu Marmelade verkocht wird sie besser schmecken. Letztes Jahr gab es keine Beeren. Jetzt wachsen sie überall. Direkt am Boden, in Knöchelhöhe. Zeitgleich zur Beerensaison ist Jagdsaison. Wer kann, fährt mit dem Boot raus und sucht außerhalb der Stadt das Tuttu. Das Rentier wartet auf den Jäger. Im Wasser wartet der Fisch ...

Bisweilen nicht alles notiert. Manches fand nicht seinen Weg aufs Blatt.

Ein Mann im Blaumann steigt in den Bus. Er war nach der Arbeit in der Bibliothek. Jetzt liegt ein Buch über Marx und das Kapital auf seinem Schoß ...
Ich decke meinen Bedarf an Vitaminen mit importiertem Obst und Gemüse. Wie deckten die Menschen hier früher ihren Bedarf? Bevor Schiffe und Flugzeuge die gesunde Fracht brachten? Die Antwort schwimmt im Meer. Die Haut vom Narwal, sprich Mattak, hat mehr Vitamin C als 'ne Zitrone. Walspeck gegen Skorbut. Eine Ernährung auf der Basis von Fleisch und Fisch also gar nicht so ungesund. Man muss nur wissen, wo sich die gesunden Partikel verstecken.

Wäre ich ein Vierteljahrhundert früher in dieser Stadt, auf dieser Insel gelandet, wäre selbstredend alles anders. Der Kulturschock wäre drastischer ausgefallen. Die Atmosphäre in der Stadt bedrückender. Dänen und Grönländer wären weiter voneinander entfernt gewesen. Die Inuit sozial benachteiligter. Menschen zweiter Klasse im eigenen Land. Die Dänen, die rabiaten, arroganten Kolonialherren. Für die Dänen die Rosinen und für die Grönländer die Krumen. Die Drecksjobs für die „Eingeborenen". Damals hätte es mir hier nicht gefallen. Mehr Verzweiflung und Gewalt. Hoffnungslosigkeit und soziales Abseits. Alkohol wütete hemmungsloser. Der Übergang zwischen den Zeiten nicht vollbracht. Der Wechsel des Lebensstils erst vor einem Moment aufgezwungen. Der Übergang in die Moderne nicht lang her, daher die Orientierungslosigkeit. Müsste mehr darüber lesen, mehr Menschen darüber fragen, um genauere Aussagen zu treffen. So bleibt alles vage, wie ein Gerücht in den Köpfen junger Dänen, die Alkoholismus und soziale Probleme mit Grönland assoziieren. Ich kann mehr über das Heute sagen, das ist die Zeit, in der ich meine Erfahrungen sammle, mit Leuten spreche und Dinge sehe. Die Zeit hat Wunden geheilt. Die Ungleichheiten zwischen Dänen und Grönländern ist verringert. Die Klassen in den Schulen sind gemischt und nicht mehr nach Sprachen getrennt.

Die Ausbildungssituation hat sich verbessert. Hochqualifizierte werden vor Ort ausgebildet und bleiben. Nicht alles ist gut, aber sehr viel hat sich verbessert.

Jedes Wochenende das gleiche Theater. Die Cops sitzen in ihren Jeeps und gucken sich das Treiben an. Vor den geschlossenen Bars formieren sich Gruppen. Wer hat Platz zum Feiern. Wer noch Geld? Wer kann am besten Gitarre spielen? Wer lässt sich noch rumkriegen? Wer wurde rumgekriegt, aber ist plötzlich weg. After-Party, jetzt schnell. Der Pegel ist hoch, aber da geht noch was. Um diese Zeit in Nuuk ein Taxi zu kriegen, fast unmöglich. Alle Taxen unterwegs. Ein Taxi, in dem neue Pärchen der Nacht nach Hause fahren und … Ein Taxi, das die Gäste der kommenden After-Party zum Zielort kutschiert … Nach endlosem Warten ergattern wir ein Taxi. Der Fahrer pumpt dänischen Dancehall und fährt Umwege. Der erste „Kiosk" schon leer. Ab zur nächsten Connection. Vor dem Haus irgendwo in Nussuaq stehen sich zwei Taxen gegenüber. Die Stoßstangen geben sich ein kurzes Küsschen. Die Fahrgäste steigen aus, sprinten die Treppe hoch und kommen mit Bier für die weitere Nacht heraus. Das Taxometer läuft auf Hochtouren, weiter geht's …

September

Nach langer Zeit des Ichs jetzt endlich wieder ein Wir. Wir fahren mit dem schaukelnden Schiff in den Süden. 13 Stunden Verspätung aufgrund der rauen See. Ziel der Reise: ein kleiner Punkt auf der Landkarte. Die Legende spricht von Schaffarm. Ein Dutzend Einwohner plus 630 Schafe. Willkommen im Epizentrum der grönländischen Schafzucht. In den 1920ern hat ein Grönländer mit Schafzucht begonnen und gezeigt, dass man davon leben kann. Reich werden die Schaffarmer nicht. Neben der Zucht von Schafen wird Gemüse angebaut. Kartoffeln, Mairüben, Salat und anderes Gewächs. Bei unserem Kommen im September haben Mairüben Saison. Aufgrund des langsamen Wachstums, bei gleichzeitig viel Sonnenschien, schmecken die Rüben unfassbar süß, fast schon fruchtig. Da eine Nacht im Hostel umgerechnet um die 35 Euro pro Person kostet, können wir uns einen längeren Aufenthalt eigentlich nicht leisten. Wir übernachten trotzdem in einem Hostel und bezahlen nicht. Stattdessen helfen wir der Besitzerin beim Renovieren. Das Hostel braucht neue Tapeten. Eigentlich auch einen neuen Anstrich, aber der muss bis zum Frühjahr warten. Die Lage des Hostels unbeschreiblich schön. Blick auf Berge, aufs Wasser, in dem

Eisberge des nahe gelegenen Gletschers treiben. Stille. Bis auf den konstant brummenden Generator der Farm. Wie fast überall in Grönland - Nuuk und ein paar andere Städte bilden die Ausnahme - wird der Strom hier über Diesel betriebene Generatoren bezogen. Obwohl wir keinen Strom haben, sind auch wir auf Diesel angewiesen. Um den Ofen in Schach zu halten, fülle ich den Kanister auf.

Mit einem Toyota, Baujahr alt, fahren wir in die 8 km entfernte Siedlung, um neuen Brennstoff zu kaufen. Gut, dass die Besitzerin des Hostels fährt. Meine Fahrkünste würden für die holprige Piste nicht ausreichen. Sie dagegen kennt die Buckelpiste aus dem Effeff und weiß genau, wann sie beschleunigen muss. Bevor die Fahrt beginnt, fülle ich ein paar Liter Wasser in den Motor. Kühlung für den Weg. Im Auto stinkt es diesmal. Im Kofferraum stapeln sich die Säcke mit Müll, die wir noch kurz bei Verbrennungsanlage vorbei bringen. Ein Holzschuppen mit großem Ofen. Einmal die Woche kommt jemand aus dem Dorf vorbei und gibt Zunder. Das Dorf ist berühmt, da hier die Wikinger heimisch geworden und so lange rumgeturnt sind, bis eine Eiszeit sie wieder vertrieben hat. Erik der Rote hat sich seinerzeit auch den Namen Grönland ausgedacht. Soll so 'ne Art Werbekampange gewesen sein, um mehr Siedler anzulocken. Der heutige Werbeslogan von Grönland „Be a Pioneer" hat Tradition.

Die Schaffarmer sind auf gegenseitige Hilfe angewiesen. Im September geht es ans Einsammeln der Schafe. Die streunen den Sommer über auf einem zig Quadratkilometer großem Areal frei herum. Eigentlich kein Flecken Erde, auf dem keine Schafsköttel liegen. Das Einsammeln nimmt mehrere Tage in Anspruch. Erst werden die Schafe in dem entferntesten Gebiet der Schaffarm gesammelt. Von dort werden sie dann zur Farm getrieben. Während ein paar Farmer von hinten antreiben, passen andere, die auf dem Bergkamm stehen, auf, dass die Schafe nicht nach oben ausbüchsen. Ein paar zu Fuß, andere zu Pferd oder auf Quads. Hunde sind selbstverständlich unerlässlich. Die Schafe legen während des Sommers viele Kilometer zurück. Keine Fleischlieferanten, die nur im Stall stehen. Freilaufende Schafe mit Kondition. Jetzt liegen sie zerstückelt in Tiefkühltruhen der grönländischen Supermärkte. Eingeschweißt in Plastik auf dem Neqi steht.

Hatte immer angenommen, dass es auf Grönland nur drei Jahreszeiten gibt. Falsch gedacht. In Südgrönland liegt einem der Herbstwald zu Füßen. Knöchel und kniehohe Bäume mit buntem Blätterkleid. Bei Sonnenschein ein goldener Glanz über allem. Malerische Schönheit, für die die Worte fehlen. Am Rand der Zivilisation, abseits der Städte, ist der Sternenhimmel so faszinierend. So viele,

Sternbilder, so nah, greifbar. Alle da, aber ich kenne nur den ollen Wagen. Damit nicht genug. Die Schönheit wird durch ein Nordlicht ergänzt. Grün fluoreszierend erstreckt es sich einmal über das ganze Panorama …

Dass sich Kids auf ihren Smartphones Videos zeigen, ist nichts Neues. Die Videos jedoch, die man hier gezeigt bekommt, sind es. Mitten im Winter, soll so um die 30° minus gewesen sein. Auf dem Eis ein Loch von mehreren Metern Durchmesser. Um das Loch stehen einige Leute, im Loch schwimmen Wale im Kreis. Wild Life Show … In Hafennähe treibt ein Eisberg und verstopft die Fahrbahn. Es gibt einen lauten Knall und der Berg reißt in Stücke. Dynamit Power …

In Nuuk hat letztes Jahr auch ein Eisberg die Rinne verstopft. Er lag jedoch so nahe am Hafen, dass eine Sprengung nicht in Frage kam. Ganz unspektakulär wurde er mit einem Schiff aus dem Hafen gezogen. Jemand hatte auch die Idee, Eisberge nach Afrika zu schiffen, um das dortige Wasserproblem zu lösen …

Oktober

Das Thermometer ist gesunken. Anfang Oktober und die Berge Nuuks sind weiß. Bis Ende November hat der Schnee in der Stadt keinen Bestand. Taut immer wieder weg und …

Die Zeichen, dass die Jagdsaison in vollen Zügen ist, sind nicht zu übersehen. Vor den Häusern hängen in Rahmen gespannte Felle, Fleisch hängt zum Trocknen. Rentiere und Moschusochsen sind zum Abschuss freigegeben. Um Moschusochsen zu jagen, fahren Familien übers Wochenende Richtung Kangerlussuaq. Rund um Nuuk gibt es keine Ochsen. Der Wochenendausflug nicht nur Vergnügen, sondern auch harte Arbeit. Der Moschusochse muss erst er-und dann zerlegt , die einzelnen Teile aus dem Inland zum Boot gebracht werden. Für die Rentierjagd muss nicht so weit gereist werden. Eine Bootsstunde entfernt von Nuuk, irgendwo im Fjord. Dann an Land, ins Land, auf die Lauer, Peng Peng, Rentier auf die Schulter und zurück zum Boot.
Im Sommer sah ich beim Spazierengehen eine Spanplatte mit aufgemaltem Rentier. An todbringenden Stellen waren Zielkreise markiert. Übungen für die Jagd. Stieß ich irgendwo auf leere Patronenhülsen, dachte ich erst, da ballert

jemand zum Spaß. Aber alles Übung. Jetzt sind die Tiefkühltruhen vieler Familien gut gefüllt. Ein Wintervorrat an Rentier, Moschusochse und Fisch ...

Erinnerungen tauchen plötzlich auf. Mag sein, dass ich hier zu viel Zeit zum Nachdenken habe und der Raum für Gedanken unendlich ist. War um die 14 oder 15 Jahre alt. Jeden Mittwoch läuft auf einem lokalen Radiosender die coolste Radioshow ever. Da Flavor und die HipHop-Warm-Up-Show im wöchentlichen Wechsel. Bin noch jung und gehe früh zu Bett. Nehme die Sendung auf Tapedeck auf und warte so lange, bis die erste Seite voll ist. Drehe dann das Tape um und schlafe ein. Am nächsten Tag ziehe ich mir das Tape nach der Schule rein und tauche ein in einen Kosmos aus Beats und Raps, Styles und Skills. Die Radiosendung: mein Pfad zur Geschichte. Höre Mcees, die mir vorher fremd sind. Lerne den Untergrund kennen und verknüpfe meine Identität noch mehr als zuvor mit dieser energetischen Musik und Kultur. Lerne, was es heißt zu freestylen und wage erste improvisierte Schritte. Ohne Internet und Magazine bildet die Show mein Fenster, um zu sehen, was abseits des Mainstreams passiert. ... Wir waren 16 und verbrachten unsere Tage mit Freestyle-Sessions. Schleppten Plattenspieler durch die halbe Stadt und beschwerten die Nadel mit 'nem Pfennigstück. Die einen machten auf DJ, die anderen auf MC. MC, denn wir wollten keine Rapper sein. Wollten Meister werden und immer nur rappen, freestylen, improvisieren, rappen, rappen. Wir teilten keine Links, sondern zeigten uns gegenseitig unsere neuen Scheiben.

Reagiere verärgert und will Behauptungen negieren. Wir trafen sie auf dem Schiff von Süd nach Nord. 'Ne junge Backpackerin, die im Süden bei Dänen gewohnt hat. Dänen, die zum Arbeiten im Schlachthof gekommen waren. Der Chef würde lieber Dänen einstellen, die seien zuverlässiger. Bei den Grönländern wüsste man nie, ob sie auch kommen. Nachdem sie Lohn bekommen hätten, würden sie erstmal einen saufen gehen und erst wieder arbeiten, wenn die Kohle alle sei. Ein Monat vorher erzählte mir jemand, dass sie ins Museum wollten, aber da der Mitarbeiter am Vortag einen trinken war, hatte das Museum zu ... Der Chef meinte, sie sollten lieber heute schon kommen, heute Abend gäbe es Lohn und dieser würde später auf den Tresen gelegt werden. Daher sei nicht sicher, ob morgen wer kommt. Ich streite gar nicht ab, dass es hier ein Alkoholproblem gibt, aber die Pauschalisierungen lasse ich nicht gelten. Es ist ein bisschen verhext. Ist Besuch vom Festland hier, scheinen die Alkis von Nuuk hervorzutreten und den Besuch zu begrüßen.

Ist der Besuch weg, sind die Alkis wieder abgetaucht. Oder sehe ich nur das, was ich sehen will? Achte ich im Alltag nicht auf das, was den Besuch erschreckt? Ich war schon ein paar Mal in der Bar, aber so wie jetzt war es noch nie. Jetzt, da ich Besuch mitbringe, können die meisten nicht mehr gerade stehen. Ok, lass uns das Bier austrinken und gehen ...

Fast jeder, mit dem ich spreche, hat jemanden verloren. Kennt jemanden, der sich das Leben nahm. Woher kommt die gefühlte Ausweglosigkeit? Sind die Orte zu isoliert? Die Möglichkeiten auszubrechen zu gering? Das Gefühl, nicht gebraucht zu werden, nutzlos zu sein ...

An der Wäscheleine hängt ein Fisch. Daneben ein paar Schlüpfer. Das Thermometer zeigt minus 5 Grad und der Wind bläst kalt. Ende Oktober in Aasiaat. Letzte Dienstreise auf Grönland. Generalversammlung. Ich kann den Diskussionen nicht folgen und schicke Gedanken auf Reisen. Aus dem Fenster, hinaus aufs offene Meer. Ein Eisberg ist im Weg und der Gedanke zerschellt. Einzelne Teile verstreuen sich in der Diskobucht ...
Im Stuhlkreis wird geweint. Der Reihe nach wird sich mitgeteilt. Sage, es tut mir leid, ich sage nichts. Es geht um Selbstmord. Die gedrückte Stimmung spürbar und ansteckend ...

Bin schon weg und nur noch so halb hier. Schiele mit einem Auge auf die Zukunft. Wie präsentiere ich diese Notizen? Sind sie überhaupt lesbar? Welche Qualität steckt im Geschriebenen? Was ist mit den Tracks? Das Schielen macht blind, denn nur das eine Auge sieht die grönländische Gegenwart. So war es beim Herfahren doch auch? Kurz vor der Ankunft, kurz vor der Abreise kommt dieses Zwischenstadium. Der Übergang zwischen Abschnitten. Das Sitzen zwischen zwei Stühlen und dann die Frage, ob der alte noch bequem ist. Sitzt es sich nach einem Intermezzo der Kontraste anders?
Habe ich Sehnsucht? Nach Zuhause? Ja. Doch vermisse ich kein Land. Habe keine Sehnsucht nach der Nation. Sehne mich nach Freunden und Familie. Nach vertrauten Mustern ...
Zähle schon die Tage. Zählt man nicht immer? Etwas? Nur noch so und so viele Tage bis Weihnachten. X Tage bis und vor x Tagen war das. Und was kommt am Tag x? Diese Art von Zählen gibt es hier nicht so. Ist doch eh ungewiss was

kommt. Ein großes Vielleicht steht zwischen dem Jetzt und dem Später. Immaqa immaqa, vielleicht vielleicht ...

Auf der Suche nach Antworten stampfe ich durch den Schnee. Durch die aufgerissenen Wolken guckt ein halber Mond. Um ihn, ein seltsamer Schimmer. Wie ein runder Regenbogen. Zwischen den Straßenlaternen steht hier und da eine rote Laterne. Der Sinn erschließt sich beim näheren Betrachten. Feueralarm. Aus einem Haus schallt Musik. Eine Band ist am Proben. Der Gesang hier und da etwas schief. Das Gitarrensolo klingt schon besser. Aber das sind nur Schnipsel der Wahrnehmung. Wollte spazieren gehen. Ging stattdessen mit ins Versammlungshaus von Aasiaat. Traf vor dem Seemannsheim andere Teilnehmer. Sie sagten: "Komm doch mit." Ja, warum nicht. Von dem festen Termin hatte ich nix mitbekommen. Nicht mitbekommen, dass wir die neuen T-Shirts anziehen sollen. Komme mir vor wie nicht eingeladen und trotzdem da. Nur Zufall, dass ich da bin. Nur Zufall, dass ich jetzt Fragen spazieren trage. Im Versammlungshaus richtig Programm. Kleine Begrüßung. Tanzvorführung. Paar Nummern Trommeltanz. Alle tragen die T-Shirt-Uniform. Ich also raus und erstmal spazieren. Nach einer Weile taucht die Frage auf, ob ich zurückgehe. Warum? Möchte ich gefragt werden: Hej Jaku, wo bist du gewesen? Damit ich antworten kann: Ich fühlte mich nicht dazugehörig. Und möchte ich die Antwort hören: Doch natürlich bist du ein Teil der Gruppe ...? Doch ziellos gehe ich weiter, nicke Passanten freundlich zu. Sage hej oder aluu. Könnte ich Grönländisch, wäre alles halb so wild. Wir würden miteinander quatschen, tratschen und ich wäre so was von dabei. Aber namik, so isses nicht. Wenn man das Gefühl hat, die eigene Anwesenheit macht keinen Unterschied, fühlt man sich erstmal ...? Naja, komisch. Aber was jammer' ich hier rum. Könnt' ja einfach versuchen mich zu integrieren. Immer nachfragen, um Gespräche bemüht sein. Aber da ist wieder dieses halb hier, halb dort, irgendwo dazwischen, das sich mir in den Weg stellt. Oder stehe vielmehr ich mir selber manchmal im Weg? Eigentlich wärst du ja auch mit. Ein Freund, der mir das eine oder andere übersetzt hätte. Mir, wie früher schon so oft, so viel über sein Land erzählt hätte. Du hast gesagt, du wolltest mich zu deiner Familie einladen. Jetzt vermisse ich den Freund an meiner Seite. Dein Stolz wurde dir zum Verhängnis. Du musstest deinen Platz räumen. Deine Aussage war dumm. Im Zorn gewählte Worte sind das meistens. Hast 'ne Ministerin kritisiert. Hast deine Kritik dumm verpackt. Jetzt findet die Generalversammlung ohne dich statt. Vor dem Haus steht ein

Ölfass von Texaco und dieser Weg ist hier zu Ende. Muss umdrehen und weiter laufen, durch das verzweigte Aasiaat, weiter bis …

Ich kritzle aus Langeweile Tags auf Zettel. Stelle mal wieder fest, ich kann nicht malen. Nein, ich bin und werde nie Writer. Aber ich gehöre zu den Sympathisanten. Wo andere über Schmierer den Kopf schütteln, nicke ich bejahend. Freue mich über schöne Pieces, Bombings und halte nach ihnen im Stadtbild Ausschau. Welcher Writer gibt gerade Gas? Bei welchem Bild verblasst das Chrom? Ja, ich mag Graffiti. Die Zuneigung für Farbe im öffentlichen Raum habe ich auf Grönland nicht verloren. Aber was geht hier farblich ab? Die kurze Antwort ist: noch nicht so viel.

In Nuuk so viele freie Flächen, dass es mich trotz meines Unvermögens in den Fingern juckt. Paar Dosen klar machen und ab geht's. Die Spots hier wären perfekt.

Die Szene ist überschaubar. Nur ein paar Einzelgänger, die Dosen schütteln. In Nuuk steht hier und da mal ein Swag. Meist in Schwarz und Weiß. Simple Blockbuchstaben ohne Outline. Und sonst? Schon komisch, was junge Leute in aller Welt dazu treibt 2Pac an Wände zu schreiben. Ja, auch in Nuuk und anderen grönländischen Städten treibt Pac sein Unwesen. Vielleicht ist er ja nicht tot. Er hat sich 'ne Sprühdose gekauft und tingelt malend durch die Welt.

In Sisimiut habe ich gehäuft das Konterfei von Che Guevara gesehen. Der mit Schablone gesprühte Kopf guckte von den Wänden und verkündete: Die Revolution lebt für immer.

Und sonst? Sind alle Cops Bastarde. Steht zumindest an den Wänden. Andere Parolen aus der Dose sind, …loves … Hate HipHop, Punk is not dead, Fuck the police etc …

Tonight we set the world on fire und wir sind jung, darum gibt es kein morgen. Ich verprasse meine restlichen Kronen. Wir sind zu jung zum Knausern. Die Disko gehört uns allein und wir tanzen im Kreis. Halten uns an den Händen und bilden die Bühne für die wechselnden Paare in der Mitte. Laufen auf das Paar zu und bilden ein großes Knäuel. Dauergrinsen, glücklich. War immer Teil der Gruppe, hab sie eben nur nicht verstanden. Jetzt verstehe ich alles. Wir bilden nicht nur Kreise in der Nacht. Wird ein Lied gesungen - und das ist oft - fassen wir uns in der letzten Strophe an den Händen. Schunkeln nach links und rechts und bilden einen großen Kreis. Singe nur die Teile mit, die ich kann. La la la, oder oft gehörte, mir vertraute Passagen. Den Rest des Liedes lächele ich in mich hinein. Grönland ist mein persönliches Land des Lächelns.

Verstrahlt und gejetlegged. Der Zug fährt durch Dänemark und ich komme nicht klar. Reizüberflutung, Flash. Bäume, hoch und überall. Trafficlights blenden. Lichter blinken in gereizten Augen. Zucke zusammen bei Rädern und Autos. In Nuuk 125 km Straße und 3000 Autos. Kopenhagen, dreispurige Straßen, voll besetzt. Reklametafeln. Überall Lana in Kleidern von H&M. Glaspaläste. Häuser hoch und massig. Beton soweit das Auge reicht. Kann das Meer nicht mehr sehen. Keine Berge im Blickfeld. So schnell alles, so anders. Gibt kein altes Leben, in das ich zurückkehre. Gibt es ein altes, das ich zurücklasse? Irgendwas fehlt. Da ist kein Schlüssel in meiner Tasche. Habe alle abgegeben und muss neue besorgen.

Trackverzeichnis

Alle Texte wurden geschrieben und aufgenommen von Paspatu. Die Beats wurden gebaut von Paspatu und Samurei*.

 Der Tonträger steht unter **www.paspatu.bandcamp.com** zum download bereit.

Koffer Packen

Ich packe meinen Koffer und bin n halbes Jahr weg,
hab das meiste was ich brauch in nen Koffer gesteckt.
Hab ein Mic eingepackt jetzt wird das Mic gecheckt!
Check Check!! Aus jedem Eindruck entsteht ein Text.
In meinem Reisegepäck sind ne handvoll Kladden,
leider hatte ich keinen Platz mehr für meine ganzen Platten.
Jetzt hör ich MP3s tja was soll ich machen?
Hauptsache Mucke der Rest wird dann schon klappen.
Hab lange überlegt welche Sachen ich einpack.
Koffer für so lange Zeit zu packen gar nicht einfach,
da alles was man will nicht in den Koffer reinpasst,
doch alles geht schon klar hat man Geld und Reisepass.
Zu viel Sachen bedeuten doch eh nur Ballast.
Und all die Dinge zu tragen kostet doch nur Kraft,
daher hab ich vorher viel in Kisten gepackt.
Frag mich später dann bestimmt warum ich eigentlich soviel hab?

Ich packe meinen Koffer und bin n halbes Jahr weg,
hab viele materielle Dinge in den Koffer gesteckt.
Aber die schönsten Dinge hast Du in meinem Koffer versteckt,
als ich ihn ausgepackt hab hab ich sie entdeckt.
Da war ein Foto von Dir auf dem du so schön lachst.
Frag mich an manchen Tagen was ich ohne dich hier mach.
Du bist noch Daheim ich hab die Koffer gepackt,
wenn ich länger drüber nachdenke find ich es ganz schön krass.
Ich hab meine Koffer gepackt und bin n halbes Jahr weg.
In meinem Herzen steckt das wichtigste Reisegepäck.
Die Gefühle von gestern stärken mich im Jetzt,
Erinnerungen helfen wenn man seine Freunde verlässt.
Hat Rio nicht gesagt halt dich an deiner Liebe fest.
Lange Reisen ein Test zum Glück hab ich mein Gepäck.
Hab alles eingesteckt was ich brauch um nicht zu erfrieren
und was ich noch vergessen hab, das schickt ihr zu mir.

Alles LoFi

Ey yo die Beats die ich mach sind vielleicht nicht die Besten,
aber ich scheiß drauf ich will das Mic nur testen.
Ein zum Besten geben und den Rest vergessen.
Hab kein Interesse mich an eurem Standard zu messen.
Das hier ist wie gutes Essen ganz ohne Rezept.
Es ist euer Pech wenn es euch nur bei Meces schmeckt,
dort wo jede Bullete in nem Raster steckt.
Scheiß auf Perfekt, Schönheit braucht keine Norm,
wenn der Sound komisch ist ja dann spitz die Ohren.
Oder hat alles was anders ist sofort verloren?
Taube Ohren skippen jeden Track sofort weiter,
aber kann doch sein der Track wird noch thighter.
Man weiß ja nie, vielleicht ist er später pure Magie?
Und du bist in das was du gar nicht mochtest verliebt.
Gute Musik muss nur eins sein und zwar gut.
Und du findest überall Fehler wenn du nur suchst.
In meinen Liedern steckt kein Geld nur ne Menge Herzblut.
Eventuell nicht professionell was ich hier tu.
Ich machs wie Balu, versuchs mit Gemütlichkeit,
schreib ein Text schalt das SM58 ein.
LoFi Style ich glaube nicht an den Hype,
hab kein HighEnd Studio und bin nicht gesigned.
Drück nur MPC Tasten und fühle mich frei,
entspricht es nicht der Norm dann tut es mir nicht leid.

Mensch a.D.

Menschen sprechen viele Sprachen, doch im Kern sind sie gleich.
Jeder will satt werden und so frei wie möglich sein.
Utopie, das jeder den Standard der 1. Welt erreicht.
Die Meisten sind, gebrandmarkte Kinder der heutigen Zeit.
Der Zug ist überfüllt und fährt auf dem falschem Gleis.
Steig ein! So lustig wird's bestimmt nie wieder sein,
so sorglos, so ignorant, so arm und so reich.
Was nützt der ganze Reichtum, wenn wir ihn nicht gerecht teilen?
Mag sein, vielleicht male ich alles schwarz weiß,
aber Farben sind so teuer und Geiz ist doch geil.
Ressourcen gehen zur Neige und wir gehen nochmal steil
Ich bin nicht frei von Schuld und werfe nicht den ersten Stein.
Mach mir nur meinen Reim, will zurück zur Menschlichkeit!
Was auch immer das heißt, was auch immer das meint?
Ich weiß nur eins und zwar wir haben nicht viel Zeit,
handeln wir nicht jetzt, dann schmilzt das ganze Eis.

Der Mensch ist außer Dienst, davon nimmt keiner Notiz.
Wir sind im Krieg, auch wenn man die Fronten nicht sieht.
Sklaven graben nach Gold, in den neuen Kolonien.
Hab das Gefühl, wir leben in einer reellen Dystopie.
Zuviel Kleptomanie, zu viel Herzen aus Granit.
Es gibt nur eine Welt und die hat leider keine Garantie.
Wir verharren im Trott, ich weiß nicht woran es liegt.
Vielleicht liegt's ja daran, der Mensch ist heute außer Dienst.
Wir fahren nach Feierabend, mit nem Wagen zum Zenit.
Was soll die Hysterie wir haben doch noch genug Benzin?
Der Durst nach Sprit erschließt unbekanntes Gebiet.
Wir steigern Leistung mit dem was unter Eisflächen liegt.
Wann stecken wir Stöcker zwischen Speichen der Industrie?
Wann endlich drosseln wir die Maschinen in der Fabrik.
Unbegrenztes Wachstum führt zu nichts außer Krieg,
es liegt an uns was in Zukunft geschieht.

Jobundso

Praktikanten ackern Vollzeit und bekommen kein Lohn
sie sind gut ausgebildet und essen trocken Brot
ok das ist übertrieben es gibt Nudeln mit Pesto
es schmeckt so fad und ist irgendwie respektlos
Hab jetzt schon kein Bock mehr mich zu bewerben
aber was soll ohne Arbeitsstelle bloß aus mir werden
ein berühmter Rapper werden da glaub ich nicht dran
also heißt es bewerben oder betteln beim Amt
hätte ich mal Lehramt studiert keine brotlose Kunst
wäre ich jetzt schon Beamter stünde nicht im blauen Dunst
Musste ja auf mein herz hörn war gegen die Vernunft
Ich muss ruhig bleiben zur Panik gibt es keinen Grund
Vielleicht treffe ich eine Fee und sie erfüllt mir einen Wunsch
oder ich treffe ein Mäzen und erlange seine Gunst
zum Glück bin ich ja noch jung und voller Elan
mach ich halt was mit Medien da ist doch Nachfrage da.

ja ja schon klar ich meckere auf hohem Niveau
neulich meinte einer ich soll doch froh sein hier zu wohn
immerhin sei ich hier ja nicht vom Hunger bedroht
und wer sich tüchtig anstrengt der wird doch auch belohnt
no no meine Brillengläser sind nicht rosarot
Hungerlohn untergräbt die schönen Illusionen
gibt genug die trotz zwei Jobs noch in Not
genug rudern jeden tag in einem sinkendem Boot
Vor jeder Haustür liegt ein Haufen stinkender Kot
doch unser Deo riecht famos drum merken wie nix.
Merkwürdig nur wenige Leute ärgern sich
laut die Mehrzahl regt sich lieber zuhause auf
und überlegt wie kommen sie bloß aus den Schulden raus
für Geld reissen wir uns unsere Ärsche weit aus
richten alles danach aus und nehmen alles in kauf
denn ohne Geld Geld Geld sieht alles verdammt schlecht aus.

Selbstgerap

Rappen ist erlaubtes reden mit sich selbst.
Ich spreche laut auch wenn euch das nicht gefällt.
Viele da draußen rappen nur wegen Geld,
pass auf wenn du dich vor das Mikrophon stellst,
denn es nimmt dich laut auf und gibt dich laut wieder
und nicht alle deine Töne werden mal Lieder.
Wäre Rap ne Knarre hätten viele kein Kaliber.
Geht ma lieber wieder ins Bett, ihr habt zu großes Fieber.
Schirmt euch ab mit ner Mauer groß wie in China.
Rap ist wie's Leben es gibt immer Verlierer .
Manchmal hast du kein Glück, selten kommt es wieder.
Boom di di di da biddie bey bey.
Ich wechsle mal den Rahmen und du bist live dabei.
Langweilig rappt man immer nur im gleichen Style.
Nicht in jedem Text muss ne Message sein,
Hauptsache Reim ist fett und Flow ist geil.

Ich spreche mit mir selbst und sage es allen!
Ich benutze Rap nicht dazu um mich mitzuteilen!
Manchmal hab ich einfach nur Bock auf nen Beat zu stylen,
schreib ein Reim nehme ihn auf und bin glücklich dabei.
Ich rappe mit mir selbst und sage es allen!
Benutze Rap nicht dazu um mich mitzuteilen,
rappe in erster Linie nur dazu um glücklich zu sein
und wenn du's fühlen kannst ja dann ist es geil.

Rap ist Leben gesetzt in einen Satz.
Mein Leben läuft meist ab in einen 4/4 Takt.
Das Spektrum ist groß, es geht von Liebe bis Hass.
Zisch ab und zieh Leine wenn dir das nicht passt.
Nur aus Spaß an der Freude, wird das hier gemacht.

Mag sein, dass das nur meinen Freunden Freude macht,
denn für Promotion hab ich weder Geld noch Zeit.
Solange ich sprechen kann, rap ich ins Mic.
Scheiß drauf, ob ich mit Rap die Masse erreich.
Vielleicht ist es ja auch besser, wenn ich im Untergrund bleib
und meinen Rap von ökonomischen Zwängen befrei?
Einerseits, anderseits, alles nicht so leicht.
Rap meine Farbe, die die Fassade bunt streicht.
Bleib ruhig in deinem grauen Haus und igel dich ein.
Ich schreib derweil Zeilen und renoviere mein Sein,
spreche mit mir selbst und sage es allen.

Maiskit

Endlich ist der Lenz da jetzt gegen Ende Mai.
Schluss mit Schnee und Eis, Zeit für Sonnenschein.
Mach das Fenster auf lass frische Luft herein.
Wurde Zeit dass das Thermometer steigt.
15 grad im Mai ist bei euch nicht gerade viel,
aber hier letzte Woche Schnee in dicken Flocken fiel.
Die Kinder gehen vors Haus fangen an zu spielen,
Die Eltern gehen raus gucken zu wie sie spielen.
Um glücklich zu sein braucht man manchmal nicht viel.
Kein großer Deal wenn die Sonne wieder scheint.
Ende Mai ist der Winter endlich vorbei.
Vorbei die Jahreszeit voll Trübsal und Eis.
Erde und Menschen sich von der Kälte befreien.
Nach so langer zeit sollte es einleuchtend sein,
wenn man zum Pathos neigt und romantisch erscheint.
Der Frühling ist da, das Thermometer steigt.

Seiten

Durch deine Bilder lernte ich die Namen der Dinge
du wurdest mir gezeigt und ich folgte der Stimme
Stimme benennt Dinge und Bilder prägen sich ein
lernte sprechen Bilderbücher halfen dabei.
In meiner Kindheit lausche ich dem geschriebenem Wort
meine Familie liet mir vor Worte ziehen mich vor.
Gelange an einen Ort an dem Alles einmal war
das Märchen nicht wahr sind war mir nicht klar
Die Protagonisten von Lindgren sind Stars
ich lernte das Alphabet und macht sie mir klar
mit jedem weitern Jahr konnte ich besser lesen
als wären Seiten aus UHU blieb ich an ihnen kleben
für mich bedeutet Lesen auch ein Stück weit Leben
holte mir was zu lesen aus der Bücherei
da das taschengeld damals nur für Süssigkeiten reicht
andere zockten NES ich las lieber Karl May

ich verlier mich in deinen Seiten und vergesse die Zeit
solange du aufgeschlagen bist bin ich nicht allein.

An orten mit Büchern fühle ich mich Zuhaus.
ich wuchs mit ihnen auf der Geruch ist mir vertraut
vergilbt verstaubt oder ganz neu gekauft
einmal aufgeschlagen und ich bin wie im Rausch
ich höre erst auf ist die Geschichte zu Ende
meine Hände hielten schon unzählige Bände
nenn mir ruhig einen Autor den ich noch nicht kenne
denn es gibt sicherlich viele es hat nie ein Ende

Wände voller Bücherregale warten auf mich
durchgrabe Antiquariate bis Gold in Sicht ist
es findet sich immer ein Buch das Lesenswert ist
eine Reise ohne Bücher unternehme ich nicht
Erzähle hier nicht was ich alles schon las
aber alles prägte mich bis zum heutigen Tag
ich bin ne Leseratte die an den Seiten nagt
mein Bücherregal füllt sich mit jedem weiteren Tag

FB Shit

Für ein neues Profilfoto wird weit gereist
ein lächelnder Mensch am Strand unter Palmen
oder grinsend vor dem Bergpanorama der Schweiz
neue Fotos werden sofort mit den Freunden geteilt
man ist was man teilt man ist der den man zeigt
es gefällt einem wenn der Freundeskreis es liked
Einsamkeit war gestern Heute alle live dabei
log dich einfach ein conecten war noch nie so leicht
zeig deinem Freundeskreis wo du gerade bist
welche Menschen du triffst und welche Speisen du isst
in welche Schule du gehst und welche Sprache du sprichst
wie man sich heute kleidet, tanzt und den ganzen Mist
Markier die Welt um dich rum auf das du nix mehr vergisst
poste am besten jeden verfickten Augenblick
Nix ist uninteressant alles bekommt einen Klick

Auch ich bin Teil von dem Mist mach bei dem scheiß Spiel mit
verplempere Zeit indem ich mich durch Neuigkeiten klick
Drück auf Gefällt werd Teil der digitalen Welt
erstell Inhalte was dann vielleicht jemandem gefällt
Irgendwer macht damit Geld die frage ist wie
irgendwie durch Werbung kapiert hab ich das nie
hab doch eingestellt, dass nicht jeder mein Profil sieht
aber meine Privatsphäre durchlässig wie ein Sieb
Alles publik, gläserne Menschen werden geliebt
Gläser werden geleert wenn du ne Einladung kriegst
wenn du keine Einladung kriegst läuft irgendwas schief
pass auf, dass du keine Party People übersiehst
ich sehe was geschieht und nehme trotzdem nicht teil
denk ich nochmal drüber nach drück ich lieber auf Vielleicht
kann ja sein vielleicht hab ich ja an dem Abend Zeit
wäre ja auch ganz gut in der Aussenwelt aktiv zu sein.

Selbstverteidigung

Verteidige Dich selbst und pass auf die auf
behaupte dein Selbst bevor es dir irgendwer klaut.
Verteidige dein Bauch bevor die irgendwer drauf haut.
Weich aus! Geh in Deckung, mach'n Move, hau zurück.
Schon verrückt, was los ist, in dieser Welt da draußen.
Wir kaufen uns selbst ein, um uns wieder umzutauschen.
Geben Deckung auf, um uns Sicherheit zu kaufen.
Verlaufen uns im Dickicht finden nicht mehr zurück.
Stück für Stück, holen wir uns unser Selbst zurück.
Brauchen gar kein Glück, nur ein bisschen mehr Selbstvertrauen,
misstrauen dem von außen installierten Traum.
Schütz dich selbst, wach aus der Matrix auf.
Life is a Dauerlauf lauf Forest lauf.
Informier dich, bevor dich jemand für dumm verkauft.
Glaub nicht alles und verteidige dein Selbst.
Wer und was du bist entscheidest nur du selbst.

Der größte Feind da draußen lauert in Dir selbst.
Danach kommen andere Menschen Habgier und Geld.
Verteidige dein Herz, es erkaltet so schnell.
In dieser Welt wird unser Selbst zu sehr entstellt.
Es ist zu grell brennt wie Feuer in den Augen.
Selbstverteidigung heißt an Sich selbst zu glauben,
dass kannst du mir glauben, das ist wirklich nicht leicht.
Gar nicht leicht zu sich selbst immer ehrlich zu sein.
Manchmal kassierst du ein Treffer und alles vorbei.
Bleib in deinem Zentrum stehen und schließe den Kreis.
Verteidige dich selbst und das um jeden Preis!
Was bleibt von deinem Selbst wenn du es nicht befreist?
Vielleicht nur ne leere Hülle ohne denkenden Geist?
Selbst zu denken ist Kampfkunst, in der heutigen Zeit!
Verteidige dich selbst um du selbst zu sein!
Verteidige dich selbst und das um jeden Preis!

Teilstrecken

Wir schreiten voran gehen Teilstrecken zusammen,
dicht beisammen oder auf Ellenbogendistanz.
Bleiben kurz stehen und fordern uns auf zum Tanz.
Drehen uns, drehen uns umeinander Hand in Hand.
Eine Hand lässt los die andere nicht loslassen kann.
Spuren im Sand auf den ersten Blick nicht erkannt,
beim zweiten Mal hinsehen keine Spur mehr im Sand.
Manche hören auf ihr Herz andere Folgen dem Verstand.
Jemand ist interessant jemand anderes interessanter.
Aus dem einen wird ein Freund aus dem anderen ein Bekannter.
Wir sind alle nur Wanderer auf unbekannten Wegen,
legen eine Rast ein wenn wir einander begegnen.

Alles ist in Bewegung und schreitet voran,
Menschen begegnen sich schließen sich zusamm'.
Verlieren sich aus den Augen gehen auf Distanz.
Wir gehen alle unseren Weg doch Teilstrecken zusamm'.

Wir schreiten voran gehen Teilstrecken zusammen,
dicht beisammen oder auf Ellenbogendistanz.
Schauen uns in die Augen oder mit dem Arsch nicht an.
Verschwenden keine Zeit oder warten viel zu lang.
Noch nicht lange gekannt doch Geheimnisse geteilt.
Aus Zwei wurde Eins und aus Eins wieder Zwei.
Man denkt an einander ohne dass man es weiß,
geht in getrennte Richtungen aber dennoch im Kreis.
Ein geteilter Augenblick und nicht bleibt gleich.
Liebe Streit Versöhnung Einsamkeit.
Meilenweit entfernt doch im Herzen vereint.
Wir schreiten voran hoffentlich nicht allein.